拾箸小记

人间烟火里的湘味

刘利君 著

郑向荣 绘

湖南文艺出版社

HUNAN LITERATURE AND ART PUBLISHING HOUSE

图书在版编目（CIP）数据

拾箸小记：人间烟火里的湘味 / 刘利君著. —— 长
沙：湖南文艺出版社，2024.1
ISBN 978-7-5726-1413-2

Ⅰ.①拾… Ⅱ.①刘… Ⅲ.①散文集 – 中国 – 当代
Ⅳ.①I267

中国国家版本馆CIP数据核字(2023)第212950号

拾箸小记——人间烟火里的湘味
SHIZHU XIAOJI ——RENJIAN YANHUO LI DE XIANGWEI

刘利君　著
郑向荣　绘

出 版 人	陈新文
责任编辑	何　莹　戴新宇
责任校对	彭　进
装帧设计	嘉泽文化/無茗
内文排版	嘉泽文化
出版发行	湖南文艺出版社
地　　址	长沙市雨花区东二环一段508号　邮编：410014
印　　刷	长沙新湘诚印刷有限公司
版　　次	2024年1月第1版
印　　次	2024年1月第1次印刷
开　　本	880 mm × 1230 mm　1/32
印　　张	10
字　　数	210千字
书　　号	ISBN 978-7-5726-1413-2
定　　价	68.00元

序

一席对味的湘思

张志君　中国烹饪大师、湘菜大师、国宴设计专家、艺宴创始人，著名画家、中国美术家协会会员，享受国务院政府特殊津贴专家

刘利君女士请我为她这本书写个序言。我一开始是拒绝的，因为我没有过给别人的书写序言的经历，怕写不好，反而堕了人们读书的兴致。

后来她托我的好友志军把书稿送给我看，我竟不知不觉地一口气就读完了。她书里写的那些菜，我几乎都吃过，甚至也都做过，可能细微处略有不同，但书中那些场景、那些味道、那些画面、那些故事，我都觉得如有亲历，就好像是在说我的感受一般。于是，读完后，竟然有了想为这本书说几句话的冲动。

我从厨四十多年，算得上是一个老师傅了，画画的时间就更长，伴随了我一生。这本书正好契合了我的这两个身份

—— 一 ——

和爱好，所以一见便很喜欢。书中对于湘菜那些绘声绘色、细致入微的描写，让我记忆中的那些滋味，一齐涌上心头。更妙的是，书中那些简笔淡墨的写意插画，像极了我记忆中那些鲜活又飘摇的菜肴，满足了我对味道的一切想象。

润色和羹，于我来说，极是对味。

对味，是一种奇妙的感觉，那一定是符合你记忆和想象的味道，是每个食客一生都在追寻的极致体验。就像我们"众里寻他千百度"，才在某个不起眼的餐馆里遇见某道菜肴；或是千里迢迢，慕名直奔主题地冲着某道菜肴而去，当品尝到那如期而至的美味时，会脱口而出的那句话："对，就是该哩（这个）味！"那份欣喜和畅快，油然而生。遇见本书，就是这种感觉。这本书通过细腻的笔触，将那一切对味的感觉铺陈开来，带着我们领略湘菜的五彩缤纷，也观赏五味飘香的故事和人情，馋心勾肺，蔚为大观。书里的菜肴，都常见于寻常百姓家的餐桌，或许不若梁先生雅舍里的菜单文采斐然、风雅翩翩，却胜在质朴生动，更具有生理和情致的煽动性，勾动味蕾。

人生的幸福时光，最后常常会浓缩为那一个个对味的时刻。当我们远走他乡，在岁月里沉浮过后，最难以割舍和最想念的，常常就是那些曾经令我们食指大动的美味，也许只是一碟简单不过、青白如玉的家常丝瓜，抑或汤浓味鲜的墨鱼炖肉。当我们的记忆划过这些对味时刻，我们一定口齿生津，嘴角上扬，内心充满了幸福和思念。刘利君显然是一位体贴人心的作者，才会让我有如此丰富的共鸣。

对味是为知味者准备的礼物。只有当一个人能以味蕾的快感，打开记忆的大门，勾动内心对于美味的丰富联想，想起做菜的人和事，达到情味一体的境界，他才能找到对味的感觉。我想，喜欢这本书的，一定是一名知味者。

2023 年 1 月于长沙岚峰堂

每当在北方孤独的夜晚，总会怀念这样的场景：小时候我们一家五口坐在饭桌前，桌上摆着姜丝炒牛肉、剁椒炒猪肝、墨鱼炖肉、红烧草鱼等等，这些都是妈妈的成果，也全是我的至爱。

幻想自己拿起筷子，于是所有的美味在舌尖缠绕。因为遥远，更觉得那些菜贴心贴肺地好吃，每一种味道就如长在了心头。

筷子，即箸，其搅、拌、合、捡、挑、捞、压、整、摆、拼、界、滤、引、尝等各种用场，几乎涉及所有餐饮过程，让我们感受湘菜的美妙。筷长多为七寸六分，象征人的七情六欲，我们就凭借筷子在湘菜中感知自身和周遭。

湘菜和湘人精神气质多么契合。红红绿绿，不辣不欢，

一盏烟火这灶台，
一程的场景在家庭
厨房忙碌着，织
家厨做为种好
的菜

多么痛快的感觉啊。不一定精致，不一定高雅，但是接地气，
温暖美好，笃定踏实。大盆大碗，吃得热闹，自有一种粗饱
暖人心。

湘菜亦蕴含了湖南人的智慧，那些普通的田间地头的东
西，在不经意间弄出了惊艳；食材的搭配，经营出一种人生；
各种调配味道的手段，就像是惯常的处世高招。比如，对鳝
鱼、虾等的烹饪处理，使用炸、焖等多种方法，放入姜葱蒜等，
入味至极，亦大俗大雅至极。

生命是相通的，万物生长，生老病死，由盛而衰，我们和
菜的命运的底层逻辑是一样的。从更大一个空间来看，我们
和菜没有什么两样。于是，背时、倒霉、戳（同音）味、撇是（同
音）等指代食材状态的词，也经常被湖南人用在自身命运的

形容上。

　　食材间的关系也很有意思，相生相克自有天注定，哪些菜是黄金搭档，民间也有约定俗成。比如什么菜放葱，什么菜放蒜叶，什么菜放韭菜，这些细微的味道变化，我从小就知道，好像无师自通。

　　食材和食材的相遇，是偶然，又是必然。像是江湖。

　　食材间短暂的亲密关系，创造了转瞬即逝又在湖南人心中永恒不变的味道。每个人在不同的人生境遇与它相会，又第二次创造出美味。人和菜的相遇也是缘分，合适的时候合适的心情碰到合适的菜，那真是绝配。有时不是菜不好吃，而是心情不对；有时不是菜好吃，而是时机对了。

　　食材间的关系亦投射了人物之间的关系。

　　气味相投的菜会组合成美味，气味相投的人组合也会有爱情或者友情。食材间关系也有罗密欧和朱丽叶那样非你不可非生即死的搭配，当然，更多的是一类菜与一类菜的搭配，就像我们平常人的婚姻，只要是两个好人三观一致就基本可以白头偕老。

　　四季三餐，周而复始，就是我们的一生。而四季湘菜，就是湖南人的生命底色。

　　我就按照我的人生经历来体会湘菜。在我的心中，它们就是活生生的人物角色，有自己的喜怒哀乐，有自己的命运起伏。它们有时就是我的心情，和对世间万物的认知。我有时很高兴，我好像很懂它们；有时，我也很惶恐，好像不太能驾驭它们。这里也会有我的挣扎，好像我在真实世界里的挣扎。

是的，它们就是我的一个虚拟世界。

我在不同的语境里与它们相会，它们在我笔下也许会有不同的命运走向，不同的情愫。这是我的幸事。它们本沉默在自己的世界自得其乐，我唤醒了它们，以我的方式，未经它们的许可。

这是我作为写作者的自由。

或许，我写出的从来就是我心目中的湘菜，而非真正的湘菜江湖。借此机会，感谢我的父母，给了我幸福的成长经历和对湘菜的认知；感谢我的先生郑向荣，为此书配的插图；感谢我的妹妹刘朝晖，她坚定地认为我可以成为一个好作家。感谢身边很多朋友，无私地提供各种素材，并持续鼓励我。

感谢时代，让我们与美食相伴相知。

目录

春日食经

夏

夏日食单

秋

秋日食事

冬

冬日食记

春
日
食
经

蓼芽蔬甲簇青红，盘箸纷纷笑语中。

一饼不分空恨望，暮年知有几春风。

—— [宋]陆游《立春前七日闻有预作春盘邀客者戏作》

去菜场买菜时，不管买什么菜，临了总要买一把小葱，绝不是大葱，即使在北方，也只买小葱。

小葱，湖南人叫香葱，越细越好，细的香味才更浓郁。

家里冰箱常年备着葱，切细了，用专门的盒子装好，放在冻柜，随时可用。

葱，多年生草本植物，叶圆筒状，中空，茎叶有辣味。神农尝百草找出葱后，便将其作为日常膳食的调味品，各种菜肴必加香葱而调和，葱是"和事草"。

　　葱有诗意。"指如削葱根，口如含朱丹。"这是我们熟读的《古诗为焦仲卿妻作》。

　　郁郁葱葱，葱蔚洇润，这是我们现在常用的形容词。葱从一种菜，上升到美学高度。而青葱岁月，就指代如同葱一般美好而短暂的青春。

　　小葱，在湖南人餐桌上是一个怎样的存在呢?

　　湖南人做菜，少用调味品，喜欢用作料，这作料就是葱姜蒜，绝大部分菜都会用到葱，尤其是荤菜。

　　小时候，家家户户窗台上种一盆小葱，做菜的时候揪一把葱叶。

　　葱，特别好伺候，洗干净生的就可以扔在菜里。

　　做人就像小葱拌豆腐，一清二白，可见葱是有风骨、有形象的。

即使是简简单单的形象，使用时亦会有多种形态，有时是葱花，有时是葱段，有时是葱结，视不同菜而定。有时当前锋，在油锅炸香再下菜，给其助威；有时当中锋，挽成葱结，和某些大菜一起遨游；有时当后卫，菜出锅再锦上添花。

做鱼是一定要用葱的，不管是蒸煮煎炸，出锅总要放葱花，水煮鱼还得用葱结一起煮。

做汤也要葱，不管什么汤，熬的、煮的，最后总要撒一把葱花，这活才算完美，就像国画上最后那一枚章。

蒸菜也要放葱，什么菜蒸熟上桌前，总要撒葱花和剁椒，红红绿绿的，喜庆。

凉拌，拌的都是味，当然少不了葱。

卤味，即使是重口味的猪脚，卤完也得再裹一点葱花。

焖煮的，火辣如口味虾，红红的身体最后披挂了葱花才上阵。

湖南人最喜欢的米粉，即使没有肉臊子，也一定要放葱放辣椒。

为什么一定要葱呢？色香味，首先是颜值的点缀，红红绿绿是湘菜最典型的审美逻辑，葱比谁都适合承担绿叶角色。

还有味道的需要。

和同为作料的芫荽一样，葱本身有辛辣味，但它的辛辣不像芫荽那么怪异，它是平和的，是大部分人能接受的，而且到了菜里，它的辛辣化成了难以言喻的清香，能和绝大部分食材碰撞出奇妙的口味，激发了与之为伍的菜中所有的鲜味，不只是调和，更是催化剂，好像激发了所有的荷尔蒙，有一种无形的精神内核。

葱好像是神奇的存在。有了葱，菜才有了灵魂，才有了贴心贴肺的心灵安慰，葱是那画龙点睛的神来之笔，是靠近完美的那"最后一公里"。

葱于湖南人，不是定海神针，就是深入骨髓的日常生活。

但是，葱，不是关乎生死的温饱，亦不负责营养平衡。有贡献吗？应该是，但并非不可或缺。

缺了葱，只是少一点味道而已。葱负责那么一点调性，就像原始人脖子上挂的兽骨项链，中式建筑上的飞檐和小兽，法式建筑上的老虎窗和山花，就那么一点人文，一点艺术。

没有葱，也没关系。

葱总归是婉约派。

因为细，没有霸道的气场，小葱担当不了大任。于是，永远如同配角一般，千姿百态地在主菜的风光里活色生香。

永远不是主角，永远若隐若现，是永远不下台的龙套。

奢望过主角吗？应该没有。

小葱是比不上大葱能独当一面的江湖地位的。在北方，大葱既可葱爆海参，也可蘸酱走天下。小葱甚至连芫荽的存在感都比不上，至少芫荽可以单独凉拌或者当一盘蔬菜卜火锅。但是葱不行，它凉拌，只是切得细细地在主角掩护下出场；下火锅，也只能做一个葱结，下在清汤里热一下场，为后面的主角登场预热表演前戏。

即使偶尔搭台唱戏，在某些菜肴中也能有出彩表现，但小葱始终不是主角。

比如，葱头煮豆豉，湖南民间专门给孩子治感冒的偏方。当然，那碗里除了葱头，还有千年老妖——豆豉。葱，不算绝对的主角。

香拌小葱，麻油、生抽、白醋、剁椒等淋在身上，好像浑身插满旗子，独立登场，但也只是一道小而美的凉菜而已，担当不了餐桌扛把子。

"你就是个死跑龙套的！"就像周星驰主演的《喜剧之王》里说的。

我们的青葱岁月，终不过是人间烟火里一场或许无人喝彩的龙套而已。

薤头，也许是最直通古人味蕾的食物。

　　它是属于中国人自己最遥远的味蕾记忆。

　　与很多舶来品蔬菜不一样，薤头是正宗的中国食物，原产地是中国。

　　英文中称洋葱为 onion，薤头是 Chinese onion。

　　薤头有点像蒜叶，叶子都有类似的刺激性气味，根又有点像葱，有头又有须。

　　但，它不是葱，不是蒜，它是薤头。

　　古人有五谷，还有五菜，葵、韭、藿、薤、葱。《灵枢·五味》说："葵甘，韭酸，藿咸，薤苦，葱辛。"

薤（读音 xiè）即藠头。

薤最早的记载见于《山海经》："峳山，其草多薤韭。"

从此，藠头就活在各种典籍和诗词里。

秦汉时期，野生薤遍及全国。《乐府诗集·薤露》很伤感地描述："薤上露，何易晞。露晞明朝更复落，人死一去何时归。"

曹操和曹植都写过，曹植的《薤露行》最悲伤："天地无穷极，阴阳转相因。人居一世间，忽若风吹尘。"西晋潘岳写的《闲居赋》中有"绿葵含露，白薤负霜"。

唐代白居易的《春寒》中亦有它："今朝春气寒，自问何所欲。酥暖薤白酒，乳和地黄粥。"这种酥暖薤白酒，就是酥炒薤白放到酒中。

文人看薤也有感想，宋代范成大《晚春田园杂兴》："紫青莼菜卷荷香，玉雪芹芽拔薤长。"

薤头在古人生活里屡见不鲜，今天却式微了。我在北京生活二十多年，就从未在菜场见过。我的绝大多数北方朋友对此闻所未闻。

历经数千年，薤头隐匿在长江以南，仿佛是闭关修炼。

薤头是百合科葱属多年生草本植物的鳞茎。百合花都有孤傲气质，薤头应是自带家族基因，对其生长环境太过挑剔。

在湖南的菜场不难找到薤头，几块钱一斤，主妇们都很喜欢，但是，薤头绝不走蒜和葱的大众化路线。

与葱和蒜相比，薤头更辛辣清香，更清冷，周身笼罩着荒凉的气息。不同流合污，即使长久腌制，亦不腐烂，而且质本洁来，去腥力极强。

薤头固执地保留着清幽自在的精神境界，仿佛仍活在古远的诗词里，活在那些即将逝去的芬芳里，保留着与现实世界的疏离。这也许是它的坚守，仿佛是在《离骚》里上下求索的屈原，亦仿佛是魏晋时期躲进山林的文人，滤去千年沧桑，遗世独立。

虽然薤头有如此伤感的气质，但湖南人还是很爱它，拌着吃，腌着吃，或是炒着吃，因为它鲜香脆爽，风味独特。

比如擂薤头。虽不如擂辣椒、擂茄子普及，但爱吃的人一定会超过对其他同款的喜爱。即使不擂，凉拌，放小米椒和醋等，也别有风味。

几乎每个湖南人的酸菜坛子里都有薤头，和红辣椒、萝卜、刀豆等泡在一起，个大肥厚，洁白晶莹，辛香嫩脆，酸辣爽口。我小时候天天吃藠头，外婆将其当作我的零食。

还有的切细了与红椒相拌，腌在坛子里，当成作料，炒菜时当剁辣椒用。

藠头是很多湖南土菜的灵魂。可以说，因为藠头的加入，才有了清幽的滋味，才区别于那些套路化、油腻化、世俗化的湘菜。

比如素炒藠头莴笋片，两样清新的素菜撞出了惊艳。蕨菜炒藠头，有股风雅颂的文艺感。

炒鸡蛋也非常好吃，相较于用韭菜或葱炒，有另外一种清香爽口。

湖南人有多爱它呢？恨不能所有爱吃的菜，都要拉上它。

藠头炒五花肉、风吹肉、猪头肉、油渣。

酸藠头蒸鸡块、炒鸡胗。

藠头炒猪肚，炒腰花，炒香肠，炒肥肠。

藠头炒河蚌肉，炒鳝鱼，炒泥鳅，炒鱼嫩子。

藠头炒牛肉。

藠头炒鸭。

好像藠头炒一切。

我们常吃也最爱吃的是藠头炒腊肉。虽然和腊肉匹配的菜有多种，比如萝卜干、芹菜等，但是藠头炒腊肉一定是最经典也最特别的。

藠头在烟熏火燎的腊肉里就像雨后枝头绽放的花朵，散发出沁人心脾的芳香，连带切得薄薄的腊肉也有了春天般的清新。腊肉裹挟着藠头，冲破壁垒，抵达美好。

就这样，藠头以一身典故，跨越岁月，穿越诗词，在湘菜的各式菜肴里显山露水，不卑不亢。

皮蛋的奇幻之旅

　　或许可以将世人分为两类：喜欢皮蛋或不喜欢的。

　　皮蛋是有些诡异的食品。喜欢的人将其作为美味佳肴；不喜欢的人认为它是恶魔的蛋，最恶心的食品。

　　皮蛋是中国人的发明。清人王士雄的《随息居饮食谱》中说："皮蛋，味辛、涩、甘、咸，能泻热、醒酒、去大肠火、治泻痢，能散能敛。"

　　湖南人应该是爱蛋一族，尤其是湖南益阳人。

　　益阳松花皮蛋是当地特色名菜，已有500多年的历史。《益阳县志》载："皮蛋业，此

为邑人独擅长者，湖鸭所产之蛋既多，制成皮蛋销路甚广，东门外贺家桥以此为业者数十家。"

上大学时同寝室有益阳人，每次开学都会带一筐皮蛋，大家剥开了蘸点酱油就吃，美得很。

益阳家家户户都会做皮蛋，亦有独门秘诀。鸭蛋必须选用洞庭湖所产，置于放有红茶末、食盐、碱、石灰等的缸中，一月即成咸松花蛋。再包特制的土泥，再次入缸密封一两个月即成。

松花蛋是上帝的杰作。

蛋体软而有弹性，滑而不粘手，晶莹透亮，能照见人影，上面有自然形成的乳白色的松枝图案。

轻轻剥开蛋壳，更是一个奇幻世界。外层半透明的蛋清恍若穹庐，松花朵朵，犹如灿烂的星汉。蛋黄中浓绿、鹅黄、竹青、茶色等多种颜色交替，变幻无穷，而蛋黄的中央已然溏化，恰似稀软的金色琼脂。

每次切皮蛋，都会恍惚，皮蛋是外星人的食品流落到地球，或是另一个星球的 3D 打印呢？

吃起来，味道极其馥郁，仿佛孕育了上千年。稠密的腥味，清爽与黏腻交替的口感，这是其他蛋无法提供的味蕾享受。

毛姆说："卑鄙与伟大、恶毒与善良、仇恨与热爱，是可以互不排斥地并存在同一颗心里的。"这好像也可以说皮蛋。皮蛋其实还是有些腹黑的。有的皮蛋含铅量高，吃多了铅中毒，或者引起其他不适。

但是，喜欢的人可不管不顾，或者习惯了与魔鬼同行，食胆包天，竟有些雄赳赳的冲天豪气。

吃皮蛋本是最简单的事，湖南人家里常备此蛋，请客少菜，就拿皮蛋凑数。

很多年以前，闺蜜新婚，请我到她家吃饭。她是文青，不谙厨艺，却不乏创意，其中一道菜是凉拌皮蛋，用切好的皮蛋和西红柿摆出一个圆圈，中间卧一个带溏心的荷包蛋。好浪漫啊！让同样不懂厨艺的我记忆深刻。

皮蛋凉拌最常见，可说是入门级。葱、姜、蒜、辣椒炒香，将生抽、醋、麻油等浇在切成八瓣的皮蛋上即可。香辣开胃，鲜香可口。

益阳曾评过"十大美食"，其中有道由松花皮蛋作为主料的"松花迎宾"，其实就是凉拌皮蛋。

益阳还有一道"子姜皮蛋"的凉菜也很出名，由益阳皮蛋、子姜、盐、酱油、米醋、麻油、辣椒油等材料做成，皮蛋软嫩，鲜浓适口。

皮蛋凉拌豆腐也是湖南人常吃的。皮蛋切成丁儿，与嫩嫩的豆腐为伴，再撒些许葱花。

这些都是清淡口的，还有稍微重口味的。

比如烧辣椒皮蛋。这是湖南人夏天最喜欢吃的。用肉厚的红椒，在明火上烧到皮焦，把死皮撕掉后与皮蛋凉拌。烧辣椒是软的，香辣中带甜味，皮蛋沾点辣味，软糯香辣，下饭下酒都是极好的。

现在湘菜馆更常见的是擂辣椒皮蛋，用的是青椒。做法与烧红辣椒皮蛋是一样的，只是上桌时换到益阳人喜欢的擂钵里，更有仪式感。有时还加茄子，擂辣椒茄子皮蛋，味道更丰富。

凉拌，或者存在于瘦肉粥里，这只能算是皮蛋的浅尝辄止。

在湘菜王国，皮蛋走得更远，更奇幻。

皮蛋以前还有点装文人雅士，现在豁出去了，有道是："一旦破罐子破摔，世界豁然开朗。"

皮蛋不再墨守成规，开始水煮、油炸、热炒等等，不一而足。

剁碎了和鸡蛋搅在一块，灌进肠衣，煮熟了，做成皮蛋肠，多一分缠绵悱恻。

抑或躺进瘦肉黄瓜汤里，演变成皮蛋瘦肉汤，有了些酣畅淋漓。

还时常玩点小花样，让蒜片在油锅里爆香，皮蛋切片再下油锅稍煎，放水煮，汤变白后下红苋菜。黑不溜秋的皮蛋躺在红得发紫、漂着白蒜片的苋菜汤里，真有些梦幻。

皮蛋开始炸，裹上面糊炸到外酥里糯，再与青辣椒爆炒，独特的松花味，酥嫩迎牙而裂，辣味又随之而至，味道赛过熘丸子。

开始炒，炒包菜，炒茄子，炒西红柿，为这些素菜添一点荤，添一点闲情逸致。

皮蛋身上其实有特别强烈的搅和气质，虽个性独特，但捣烂了，好像和谁都能混搭，和谁都能融合。不仅可以炒素，更能炒荤。

皮蛋切片，鸡蛋煎成荷包蛋，二者和辣椒一起在油锅里煎炒，俗称炒双蛋，还真有点小劲爆。

皮蛋炒鸡，这样的同框，很有点黑暗料理之嫌，不料味道还可以，更多是新奇。

皮蛋又与肉结盟，如同荷包蛋小炒肉的搭配逻辑。

有名的是皮蛋炒肉末，加小米椒、蒜子混炒，咸辣鲜美，还有的加蒜苗，这些搭配看似有些无厘头，味道却无比贴合。

皮蛋榨菜炒肉更是创新。榨菜炒肉炒完，盖在剥了皮切好的皮蛋上面，热热的油焖在散开的皮蛋上，热菜热油的高温让底下的皮蛋发出吱吱的声音，那是皮蛋的外皮在热情地绽放。好吃的不仅仅是肉和榨菜，更有皮蛋，外酥内嫩，比擂辣椒皮蛋更出彩。

最奇幻的是，皮蛋还下火锅。这连很多湖南人都未必知道，涮羊肉的时候涮几块松花蛋，吃起来滑溜溜的，有一种特殊的爽润。松花蛋的碱性中和了羊肉的酸性，肉似乎也更鲜嫩。

估计皮蛋都没有想到，自己居然会在羊肉火锅里徜徉。

只有想不到，没有做不到，皮蛋的奇幻之旅也许才刚刚开始。

总有一天，地球人都想不到的配方会在皮蛋身上演绎，再现某外星球经典菜品。

石灰蒸蛋，那一抹天青色

　　湖南的孩子好像都是吃石灰蒸蛋长大的。在妈妈们看来，石灰蒸蛋是最好的补钙食物。

　　石灰蒸蛋全称应该是石灰水蒸蛋。小时候貌似家家户户都有生石灰。生石灰来自山上的石灰窑，一块一块的，大人把它们放在坛子里，以免回潮。也有的是从附近工地上捡回来的。用时取小块生石灰加清水充分搅拌均匀，然后沉淀至清澈，取上层水即可。

　　无独有偶，不止中国，石灰在很多国家亦属于合法食品添加剂，用途是防止食物产生粘连、结块等，也可以作为酸碱调节剂。石灰中最主要的成分为氧化钙，溶于水后会形成氢氧化钙，故使食物呈碱性状态并同时提供钙离子，造成食物化学性质的变化。

湖南的
陰蜜的你
都是喑
乃从巠
屠长了
的在媽，
個好来
石在水
屠已是
最奶小
食物的
锅

现在不用这么麻烦，湖南很多超市里都有蒸蛋专用的石灰蒸蛋粉，加水搅匀化开后，静置至清即可取用石灰水蒸蛋了。

鸡蛋搅拌亦有窍门，一是必须沿一个方向充分搅拌，妈妈说如果不这样搅鸡蛋蒸不拢；二是未加水前必须充分打散，否则蒸出来的鸡蛋气泡会比较多。搅拌好的鸡蛋加入等量石灰水搅匀，上火蒸几分钟，出锅放葱花滴麻油，香喷喷的，非常诱人。

似乎从断奶开始，孩子就吃石灰蒸蛋。如果哪个孩子后脑勺脱发，邻居就会说石灰蒸蛋吃少了，所以钙补得不够；又或是孩子眼角有眼屎，也会说多吃点石灰蒸蛋，可以清火。对于那个年代的湖南普通人家来说，石灰蒸蛋或许是最营养又最简便的食物了。

石灰对蒸蛋的贡献，不仅是补钙，而且对其色香味贡献良多，使其更嫩滑，更清香，温温软软，半透明半凝固，却不板结，还有几分灵动，就像豆蔻女子凝脂般的面庞，隐隐泛着晶莹的光泽，让人心生疼惜。

比起大多数红红绿绿的湘菜，石灰蒸蛋是湘菜里少有的莫兰迪色系。因加了石灰水，蛋由温暖的黄色转为淡淡的绿色，风轻云淡，像春天第一抹新芽，温柔地绽放在枝头，摇摇欲坠；亦像阳光下波光粼粼的湖面，映照着岸边摇曳的垂垂杨柳；更像宋代汝瓷，宋徽宗梦中大雨过后的天青色，轻柔淡雅，亦如玉般温润，最具中国古典风韵。

较之一般的鸡蛋羹，气质似乎也迥异，褪去了市井气息，增加了几分知性，就像漂亮女子读了书一样，腹有诗书气自华。

石灰蒸蛋单吃，似吃冰激凌一样，有一种居家自酿的奢华，小家碧玉的安妥。冷了以后味道更佳，似乎定格了升腾的香韵，浓缩了蛋的馥郁，有天长地久的舒坦。而与白米饭相伴，是最好的组合，素白的米饭裹拌着鲜香欲滴的蛋体，就像是暖香在怀，满口芬芳。

吃过石灰蒸蛋再吃不加石灰水的鸡蛋羹，总觉得少了一种味道，太过平常，而且还有挥之不去的腥味。

石灰水真是一样特别的食物伴侣，但有时效果又奇好。做腐乳时加石灰水口感会更嫩滑，做艾叶粑粑时加石灰水能去除艾叶中的苦涩。魔芋豆腐、米豆腐、皮蛋等的制作都用到石灰水，真正是润物细无声。它就像一个有点面冷心热的大叔，最大限度地激发对方的柔情蜜意。

谁不想要这样的拍档呢？

臭鳜鱼的变迁

很多年以前，鳜鱼是充满着春天般的诗情画意的，本以桃花流水为伴，"桃花流水鳜鱼肥""鳜鱼泼剌绿波间"，等等。想象在那些朝代，鳜鱼和文人骚客厮混，自是风情万种。

不知从何时起，鳜鱼不再纯情，渐入市井，成了臭鳜鱼。

一切源于安徽商人的行商。

与山东人外出带着煎饼类似，安徽商人揣着鱼外出经商。时间长了，鱼臭了，舍不得扔，抹上盐，没想到居然变成美味，久之成了安徽一道名菜。

这个时期的臭鳜鱼和黑白色调的徽派建筑一样，仍然是诗意的，它一直是行走的状态，它是漂泊游子心中的乡愁，散发出淡淡的哀伤。

但近年，这道菜摇身一变，成了湘菜馆里的重头戏，而

伴我休渔老搪以乐

且名声大振，甚至让人忽略了它徽菜的出身，这也算是湖南人拿来主义的成功典范。

湖南臭鳜鱼最早来自岳阳，鳜鱼多产于洞庭湖一带。后风靡全国湘菜馆，多做成干锅，更具昭示性。

湖南人将臭鳜鱼发扬光大，而且更臭、更咸、更辣。

搞臭一条鱼有的是办法：鳜鱼处理干净后淋上料酒，撒上盐，挂起来，风干一天，然后将鱼全身抹上"王致和臭豆腐"腌制七天，一条臭气熏天的臭鳜鱼问世。搞辣一条鱼也看出湖南人手段了得：先红烧，再加剁椒、干红椒、青红椒等煨煮，要多辣有多辣，而且是深入骨髓的咸。

到这种状态，哪还是淡淡的忧伤。在更臭更辣更咸的基调下，湖南人将臭鳜鱼演绎得无比喜庆，不再有漂泊意味，因撒满红红绿绿的辣椒，更像是在热热闹闹地走亲戚串门。

吃臭鳜鱼的过程自然变得畅快淋漓，一份臭鳜鱼通常被饕餮们吃得干干净净，剩下的鱼骨好像标本，不带一丝鱼肉。

那是怎样的大快朵颐。经过发酵的鱼肉如同蒜瓣，一层层一片片，颜色温润，鱼肉酥烂，香鲜透骨。肉身的鲜嫩在时间的腌制下，不再轻巧，有了厚重的意味。因为它穿越了岁月，行走在各种人生滋味中，不断地吸纳消化，背负着沉甸甸的故事，又被刻意增加咸辣噱头，借此刺激和满足我们不断变化的味蕾。

如此过程，情绪、味蕾和鱼肉一样愈加层次分明起来，欢喜，而且不是简单的欢喜，是历经磨砺后重生的欢喜，是苦尽甘来后敲锣打鼓般的喜庆。

在它之后，不再有山河岁月，因为这样一条行走的鱼，穿越的是时空，是各种人生况味，需要我们以自己的悲欢离合与它相遇相离。

若以行走的姿态与臭鳜鱼相交，或许才会真正懂得这条鱼。它穿越的不只是时间，还有空间，从安徽到湖南，它的叙事基因更让人着迷。享用这条鱼，就是享用一部旖旎的传奇。

还有更有魅力的鱼吗？

如果我是一名侠客，我要取名叫刀豆。

这是一个可盐可甜的词，刀是硬气的，豆又有点萌，它的组合就特别有意思。

刀豆其实是一种植物，在湖南，是一道菜名。估计全中国最熟悉它的就是湖南人。

刀豆，豆科，分布于中国长江以南各省。刀豆属缠绕草本，长可达数米，非常容易生长，产量丰厚，而且特别适合贫瘠的土地。在我们小时候的湘中地区，刀豆是最最常见的菜。

成为菜的刀豆，物如其名，一掌多长，两指多宽，形状就像一把水果刀。

小时候，见外婆从菜市场买回刀豆，因为

形状很有意思，我就拿着当刀，和小朋友闹着玩，玩完就想生吃。外婆马上阻止我说，刀豆有毒，不能生吃，要放酸坛子泡熟。后来才知道，刀豆里有一种叫血球凝集素的成分，必须经高温或者腌制，才可破坏这种毒素。在饥饿年代成长起来的人，对于食材可谓无所不用，我妈妈在二十世纪六十年代三年困难时期几乎是靠南瓜藤为生。

外婆有一口酸菜坛子，陶土的，边沿注满水，酸坛泡着藠头、萝卜、豆角、辣椒，还有刀豆。

外婆将刀豆洗干净，撕掉边上的筋，在刀豆上切花刀，晾干水分后放进酸菜坛子。十几天后，泡到变黄夹出来，给我当零食。

刀豆虽然泡了很久，还是很硬，很有骨气，口感不像豆角、萝卜那么适口，吃起来很有嚼劲，很脆韧，要费点劲才能咬动。虽然从外壳到内里都很硬气，但在酸水坛子里泡久了，还是有很重的酸水坛子的口味，很是酸辣。感觉泡那么久，就是为了把酸水注入这种硬邦邦的植物里，借刀豆这个载体，再一次感受湖南式的酸意。其实这个酸坛子里出来的泡菜味道几乎都一样，有点酸有点辣有点甜，不一样的只是口感，或爽脆，那是萝卜；或绵软，那是豆角；或层层叠叠，那是藠头。

最特别的就是刀豆，硬朗清脆，谁知道它骨子里全是让人吃得心悸的甜酸汁。

小时候老听大人说谁是刀子嘴豆腐心，我总觉得这是说刀豆，侠骨柔情的刀豆。就像看武打小说，我最着迷的往往不是那个长得最帅的最会讲甜言蜜语的男一号，而是那个看上去很鲁莽粗狂，却对意中人情深意切、舍身相救的男二号或者男三号，杀伐决断，却霸气护妻，这是我心中的刀豆角色。

上小学以后，我经常在学校外的小铺子里买这种酸刀豆吃，一分钱一片，一片小刀豆能吃十分钟，慢慢品味，无穷的快乐。

酸刀豆可以做菜，切丝后与红辣椒炝炒，有时也与五花肉、辣椒一起炒，嚼起来筋筋道道的，味道酸酸辣辣的。小时候，这是我们夏天饭桌上的常客。

现在，也许是人们可吃的太多了，又或者刀豆的口感不及萝卜、豆角那么柔韧，既然可以有选择，干吗找夹枪带棒的，干吗不选那个温柔可人的伴侣呢？人如此，食物亦如此。想来，我好像至少十年没有专门吃过刀豆了。

刀豆的气质，本来应该是天涯独行客，孑然一身，仗剑走天涯，不知是哪朝哪代何方人氏将它拽进了平常百姓家，进了酸坛，上了餐桌。没有东西吃的时候，它可以果腹，可以调味。但是，它又没有得到像辣椒、姜一样的重用，可以需要它，又好像不那么需要，有的人知道它，更多人不知道它。它介于需要和不需要之间的灰色地带，介于吃或不吃的弹性状态。有它嘛，好像能增加一点风味；没有嘛，好像一点关系都没有。

如今，刀豆更多地被制成下饭作料，比如剁椒刀豆，很好地搭档了剁椒；比如外婆菜，以茄子、刀豆、大头菜、白萝卜、豇豆等为原材料制成的湘西风味菜肴，咸、鲜、酸、辣，很下饭；比如永丰刀豆辣酱，在独特的甜酸口味的辣酱里加了刀豆。

刀豆也会被切丝晒干加盐，变成刀豆丝，和其他腌菜一样，变得软绵绵的，开汤或蒸炒、下干锅都行。

到这个时候，刀豆的气质完全改变了，不再有刀的形状，不再硬朗，只是一种有点嚼头的干菜。

一种很硬核甚至有毒的植物，就这样被驯化成了厨房的干饭神器。

人，真是比刀豆更硬核。

或者，时间又是比人更硬核的狠角。

谁，又能敌得过时间的侵蚀？

剁椒蒸芋头

　　湖南人对芋头还是很钟爱的，很多菜里都有它。炖，炖牛肉，炖五花肉等；炒，切丝，清炒，或炒牛肉丝等；蒸，和粉蒸肉或扣肉聚会。诸如此类，不一而足。

　　现在流行的是剁椒蒸芋头，貌似是从浏阳蒸菜派生出来的，亦成为湘菜代表之一，盛行于各大湘菜馆。

　　中国或许在世界上最早使用蒸的烹饪方法，蒸法亦被称为中国蒸。据考证，在仰韶文化时期，祖先从水煮食物的原理中发现蒸汽可把食物弄熟，开始运用蒸法。这从出土的陶器"甑"上得到证实。

　　"蒸"贯穿整个中国农耕文明。将原料以蒸汽为传热介质加热制熟，不同于其他技法以油、水、火为传热介质。蒸菜原料内外的汁液不像其他加热方式那样大量挥发，鲜味物

制做蔬菜汁, 预以是
蔬洁生出来的 成成为湘菜代表之一 剁椒鱼头
是湘菜做

质保留在菜肴中，营养成分不受破坏，香气不流失，不需要翻动即可加热成菜，充分保持了菜肴的形状完整。如果没有蒸，我们也许永远尝不到由蒸变化而来的鲜、香、嫩、滑之滋味。

浏阳蒸菜起源于明朝。据传，一批客家人躲避战乱来到浏阳大围山，因劳作繁忙，为节约时间，早上一次做三餐饭，而且煮饭时将菜一起蒸，这便形成了独特的客家蒸菜。荤菜蔬菜基本都可以成为蒸菜，常见的有腊肉、扣肉、干鱼、鸡蛋、茄子、豆角、香干、花菜等等。

蒸菜含油脂少、热量低，易于消化吸收。蒸制过程中以水渗热，阴阳共济，清淡养胃，这便很为现代人所接受。如果冷饭冷菜加热，我不喜用微波炉，总觉得水分流失，饭菜干焦，我更愿意上锅蒸，因为还原度更高。

剁椒蒸芋头便由此而来。

湖南本地产的毛芋头煮熟后剥皮，切块，加入菜油、盐、剁椒、豆豉，上火蒸十分钟出锅撒葱花即可。

此菜易于操作，卖相极佳，芋白椒红葱绿，清爽喜人，口味更是妙不可言。芋头经煮后口感本是厚实温软，并无特别味道，如无意外便是一直这样老实巴交。湖南人喜欢用芋头与其他食材搭配，也许就是看上它的本分，虽然自身未必多么出色，味道不见得多抓人，但吸纳性和包容性极强，遇强则强。比如与剁椒豆豉在蒸汽中融合，沁入剁椒的咸辣清甜，亦有豆豉的回甘，口味便妙不可言，仿佛呆滞的人生被爱情激发出旖旎。

很多食材需要的其实是一种最适合的烹饪方式，最能激发潜能的配方。就像人生需要梦想成就伟大，选择最合适的发展方向实现人生价值，搭档最合适的伴侣碰撞生命激情。

相比那些费很多精力很多程序方达成的美味，剁椒蒸芋头这道菜真是性价比上乘，笨厨师懒厨师都可做出来。每次请客，我都会毫不犹豫做这道菜，厨师省心，食客叫好。

活色生香的龙脂猪血

　　每次去火宫殿都会点一碗猪血汤，在那里它叫龙脂猪血。其实叫不叫龙脂，湖南各地的猪血汤都大同小异，都一样活色生香，让人惊艳。

　　热气腾腾的汤里，一块块暗红色、形状圆乎的猪血慵懒地半卧着，那般妖媚娇憨，宛如贵妃醉酒。周边自是追随者众，环绕着葱花、酸菜、红椒丁、姜丝，还有星星点点的麻油，一派姹紫嫣红之态，让人垂涎三尺。

　　吃猪血前，先喝汤打底。浅浅的一勺，细细密密的鲜味，就好像是昏暗的夜里，天边那一弯小月，游丝般的一线，却莫名地牵扯着心底隐匿的温情，欲罢不能。忍不住再来一大口汤，感觉世间的鲜都涌入心头，那是湖南人经年累月搜集起来的鲜香秘方之集大成，酥酥麻麻地撩拨着味蕾，这一下

黄安
雪峰
殿都
会点
一碗
猪血
汤在
这里
它叫
江猪
脂血西

就好像是身体所有感官都与手中这碗猪血连通了，如同阿凡达的头发与各生灵接驳一样，灵魂出窍了。这还只是前戏，真正的高潮在与猪血的唇齿相依。

用勺舀起一块猪血慢慢送进口中，立刻感受到猪血的性感，温软嫩滑，入口几可消融，而味蕾在这轻柔的酸辣中感受到无尽的鲜香，意味悠长，多像少不更事时的爱恋，美好到唯恐错过，唯恐只是南柯一梦。又像初春时分，微风下那一枝轻轻摇曳的桃花，若隐若现的阵阵清香，晕染得整片春色跳脱起来。

一碗这样的猪血汤总让人喝得意犹未尽。据说当年有读书人喝了后，想象龙肝凤髓也不过如此，于是将这猪血汤取名为龙脂猪血，算是给这很草根的食材最高的礼遇。

猪血真的是最草根的食材，无比接地气。

在乡下屠宰场，取新杀的猪的血，用温盐水凝固即可，并不会再加其他添加剂，自然色泽红润，嫩如豆腐。这样的猪血马上会被杀猪的人及亲朋好友以近水楼台之势好好吃一顿，剩下的也会被转送到各菜市场。

我们小时候家乡的菜市场，猪血都是农民用水桶挑来卖，一块块绛红的猪血浸泡在水里，缓缓地晃动，感觉还有生命，既保鲜又保不碎。

妈妈每周都会带着我去菜市场买一两次猪血，猪血很便宜，论斤卖。看卖菜的用漏勺舀出装在塑料袋用秤称，是一件很有趣的事，我就是在菜市场学会了看秤。

妈妈买回的猪血会视当天的菜来搭配，或做汤，或炒韭菜。

猪血与韭菜也是绝配。一是颜色对比鲜明，翠绿配绛红，瞬间丰富多彩，增加食欲；二是口感口味互为补充，猪血温润丰盈入口即化，韭菜略有嚼头清新在后，如此延续了感受猪血美味的时刻。只是炒的时候不让猪血碎，也需要很强的技术。

妈妈常让我们吃猪血的理由，一是补血，二是说可以排出肺里的脏东西，倒是像现在流行的防霾食谱。

长大后，我很少吃猪血。火锅的食材里其实大多有猪血，一块块瓷实如石头，我几乎不碰。虽我能接受硬硬的冻豆腐，但完全不能接受加了凝固剂甚至防腐剂的硬硬的猪血。在我看来，这就是没有灵魂的猪血，与那离开猪的身体时还热气腾腾，之后又活色生香地躺在汤里的猪血没有任何关系，老觉得这些不过是上了色叫猪血的塑料或橡胶制品。

我一直想念那活色生香的猪血。

一般人认为湘菜咸辣，其实湘菜也有甜的时候，而且是各种甜，囊括菜肴和点心。菜中用带甜味的食材如红枣、枸杞甚至马蹄调甜，或是用甜酒焖，又或是直接上各种糖——冰糖、红糖、片糖等，虽不比江浙温柔无敌的甜蜜蜜，但也甜倒一片。

　　小时候特别爱吃扣肉。曾见外婆做扣肉，带皮五花肉走大油后，把片糖在锅里融化抹在炸过的肉皮上，再上火隔水蒸，那层涂了片糖的皮软糯醇甜，入口即化，比瘦肉更香甜可口。

　　毛主席喜欢吃红烧肉，但因他小时候见过家里制作酱油，不喜用酱油，厨师都是用糖炒酱汁来给肉上色，因此毛氏红烧肉是带甜味的。

　　湖南人和江浙人一样也喜欢吃甜酒，一种米做成的酒酿，

湘菜也多甜咯咔

侯用琛來。

枸杞甚多

易腸

調甜

酒精度很低，又极其甜。我最喜吃冷甜酒，尤其是刚从冰箱里拿出来的，冰冰的甜，甜到太阳穴发颤的奇妙感觉。

甜酒是让菜变甜的"催"花辣手。常德有道名菜——甜酒糟焖鱼，新鲜草鱼处理好以后，先红烧，然后淋上甜酒糟熬，鲜美的鱼肉饱蘸甜酒滋味，有一种甜蜜的醉意。湘中地区还有一道奇怪的菜——甜酒煮猪手，猪蹄氽水以后，加姜、甜酒、红枣焖，很像广东的姜汁猪脚，有一种极其妥帖的甜腻。湘潭有道小吃甜酒煎饼，面粉混合甜酒做成的煎饼，微酸的甜，尤其动人。

甜腻得比较任性的还有油渣蘸糖，五花肉炸得焦焦脆脆的，已是油腻，偏还要蘸满白砂糖，明知甜得不行，而且会发胖，但吃得停不下来。

小时候，妈妈为给我们滋补身体，常做五圆蒸鸡，仔鸡处理后放荔枝、红枣、桂圆、莲子、枸杞隔水蒸，鸡肉香嫩，汤汁清甜，不腻且有回甘。

湖南人对红枣、桂圆、枸杞应该是情有独钟，大部分汤里都会放，如红枣炖鸡、墨鱼红枣炖五花肉（或猪肚）等。因为它们的介入，即使放盐，最后仍会有甜香留在唇齿间。有些人家烧肉，也会加红枣、枸杞提甜；做卤菜，也会在卤汁里放红枣、枸杞，以丰富口味。

二十世纪五六十年代，国家在湘潭建设几大工厂，其中湘潭纺织印染厂流入不少上海人，上海人爱的糖醋系列也上了湘潭人饭桌，除经典的排骨外，似乎什么都可糖醋，鸡、鱼、牛肉、猪蹄等，蔬菜类也有，我就吃过糖醋藕，爽口的甜。

也会有一些阳春白雪般的小菜，如百合蜜枣蒸南瓜，典型的甜口；或是甜的主食，八宝果饭，各种甜蜜的堆砌；还有一些小吃，如冰粉、甜酒冲蛋、红枣当归煮蛋、糖油粑粑等，没有铺垫，是一种直扑主题的甜、蜜里调油的甜；或是拔丝类，红薯、香蕉、山药等，分不清是本地菜还是舶来品，反正成了湘人喜欢的甜品。

这可能是豪放耿直的湖南人性情中永存的一抹温柔。

永远的粉蒸肉

当年怀孕时，特别想吃老家的粉蒸肉，妈妈赶紧找老家亲戚送米粉过来做。那段时间几乎天天吃，居然吃不腻。儿子生出来和粉蒸肉一样，粉嫩粉嫩，一直健硕力大，不知道是不是粉蒸肉的功劳。

我的老家其实是外婆家，一个叫蓝田的小镇，山清水秀，民风淳朴。很多地方都有粉蒸肉，但我们这地的口味是独有的，只有蓝田人才能做出来，我们称其为夫子肉。

大米炒熟后磨成粉，五花肉切块，用酱油、盐等腌好，然后裹上粉上火蒸。粉蒸肉糯而清香，酥而爽口，嫩而不糜，米粉油润，肉味酥软，瘦的成丝却不柴，肥的温润却不腻。

我更喜欢吃五花的，薄薄的米粉下是软软的肥肉，咬开，能看到半透明的油脂，口感糯糯润润，有一种欲望立马变成

袁枚《随园食单》序

粉苏陶归入江西

菜湖南人毒不

服

现实的感觉，一口肉一口饭，吃得特别心满意足。米粉因为浸润了油，变成了主食的高级版，也成了下饭菜，拌着饭还能吃一碗。

比起许许多多其他款的粉蒸肉，这其实是最基本的，没有五香没有花椒，也不放辣椒等，需要的其实是米炒香、肉质好。

小时候吃夫子肉是我们最幸福的事。在不富裕的年代，物资都是有限的。外婆把夫子肉直接在米饭上蒸熟，按人头发放，我和妹妹各两块，弟弟因为最小又是男孩，重男轻女的外婆给他三块，我们嫉妒也无用。不被满足的欲望才是永远的欲望，所以小时候吃过的东西一直是我心底最美的食物。

现在要吃这种地道的夫子肉，只有两个途径。我老家亲戚会不厌其烦地做夫子肉，托人带给我们姐弟仨；另外就是回长沙时，到我大学同学老聂家里蹭饭，我们都是涟源蓝田人，她妈妈做的夫子肉永远不走味，而且能听到地道乡音，仿佛回到从前。

我的第二故乡湘潭的粉蒸肉却是另一种演绎，米放一种叫红曲的调料，然后和腌好的五花肉一起蒸。蒸熟后饭和肉都成了红的，非常喜庆。每到春天，几乎家家户户都要做这种粉蒸肉，谷雨时节吃粉蒸肉是当地风俗，流传已久。米饭软糯油润，尤其是渗入油脂的米饭，香软至极，另有一种魅力，非常好吃。

妈妈自从学会之后，每年春天都努力做这种粉蒸肉，以让我们快速融入湘潭的饮食文化中。以至我们在涟源口味和湘潭口味中自由切换，完全没有障碍。

一直认为在主食和肉的结合方面，中国人做出了卓有成效的努力，北方是饺子和包子，南方应该是粉蒸肉和粽子。一个是面，一个是米，对象不一样，结合度是一样的。

粉蒸肉不算是湘菜独有，袁枚的《随园食单》中将其归为江西菜，"用精肥参半之肉，炒米粉黄色，拌面酱蒸之，下用白菜打底。熟时不但肉美，菜亦美，以不见水，故味独全。江西人菜也"。

现在的粉蒸肉已经不单单是五花肉，繁衍出牛肉粉蒸、羊肉粉蒸、鱼粉蒸、鳝鱼粉蒸、鲊辣椒粉蒸等新菜品，但那已不是我的粉蒸肉了。

脑髓卷佛手都是糖卷子

　　某年春天，中学同学聚会。脑髓卷上桌的时候，大家一片欢呼：洞庭春的脑髓卷！

　　当然不是，那店早停业关门了。但看到熟悉的面点，大家恍若又回到从前。

　　脑髓卷其实是糖卷子。面依然是平常做卷子包子的面，半发酵的，窍门在馅，猪脑骨髓和糖混合，文火蒸融成膏状，然后涂抹在摊薄的面上，卷成卷子，蒸熟即可。

　　温润的甜完美地与面融为一体。暖软甜糯，入口即化，齿颊留香，甜后还能感觉面的筋道。极其温柔的甜蜜，就像风和日丽的暖春，让人微微陶醉。

　　脑髓卷起源于清末湘潭的祥华斋，后因战乱失传。二十世纪七八十年代，湘潭国营餐馆洞庭春酒楼将其重现江湖。

銀髓卷起浮於祥雲春
國苦營燈傻
洞庭春江
情將此
重现江
潮紫

因其味道醇甜、质地细软、口感极好而受到大家喜爱。尔后湖南各地竞相效仿，广为流传。只是后来其名虽为脑髓卷，实际上没有用猪脑骨髓，而是用的猪油膘，但原料形状如脑髓一样，故也算接近，大家也不追究。

湘潭还有一种有名的面食——佛手，其实也是糖卷子，因形状似人的手而得名。现在板塘铺一家酒店佛手做得很好，全市人都慕名而来，我每次回湘潭都要买几十个，带回北京放冰箱里。

上中学的时候，特别喜欢吃脑髓卷和佛手。爸爸看我们如此着迷，便开始自主研发。

南方人做面食，几乎从零开始。爸爸做菜一般，但当过兵的他倒从不畏艰险，从和面开始，到学会发酵，又学会做馅。

至今仍记得，每天晚上爸爸在客厅里揉面，在他看来，揉的时间越长，面越筋道，事实也如此，他做的面点特别筋道有嚼头。第二天早上，爸爸五点钟就得起床做卷子。他自行改良在卷子里放的馅，猪脑髓太难搞了，放猪油膘又嫌太肥，他就用猪油拌芝麻白糖做馅。等到卷子上锅蒸，屋里弥漫着面点特有的香味时，我们三个孩子也在爸爸妈妈的催促声中起床了。早上的时间总是过得极快，等到洗漱完，时间又不够了，匆匆吃几口，一手抓起几个热乎乎的卷子就往学校跑。到教室后，自己吃两个，再分一个给翘首以盼的同桌。同桌至今仍说刘叔做的卷子太好吃了。

平心而论，爸爸做的只是糖卷子，不能算脑髓卷，没有脑髓卷细腻柔润，但爸爸做的卷子筋道香甜，也自成一派。

或许因为从不缺失早餐，我们三个孩子身强体壮，尤其是弟弟和妹妹，南方人长出了北方人的身高。爸爸说他的卷子功不可没。确实，不管是不是脑髓卷或佛手，都是糖卷子。

猪肚，或者胡椒，或者青椒

猪肚是一个什么样的存在？

喜欢时喜欢得不得了，烦的时候烦得不得了。

可以说，好吃时非常好吃；不好吃时，说味同嚼蜡也不为过。

猪肚味甘，微温。《神农本草经疏》说："猪肚，为补脾胃之要品。脾胃得补，则中气益，利自止矣……补益脾胃，则精血自生，虚劳自愈。"故补中益气的食疗方多用之。

小时候，家里也常做猪肚，但那是爸爸的补品，与我们孩子无关。因为爸爸常年胃不好，妈妈相信一副猪肚三服药，经常给爸爸做白胡

椒猪肚汤。

　　白胡椒，性味辛温，含胡椒碱、胡椒脂碱和挥发油等，温中散寒，醒脾开胃。《本草纲目》认为它"暖肠胃，除寒湿，反胃虚胀，冷积阴毒"。《唐本草》说它"下气温中去痰，除脏腑中风冷"。《海药本草》指出它可"去胃口虚冷气，宿食不消，霍乱气逆，心腹卒痛，冷气上冲"。

　　后来才知道，胡椒是猪肚的标配。

　　锅内加冷水，放肚片、姜片、料酒（或米酒，白色，不会影响汤色，气味也不是很浓烈，更不会影响汤的味道）、白胡椒，再加入事先泡好的芸豆、莲子、参须，大火烧开，文火煲两个小时，猪肚软烂后，放红枣、枸杞，再煲一段时间即可。

胡椒炖猪肚也许真是治病良方，常年病恹恹的爸爸现在83岁了，依然活跃在书法第一线，每天练字三四个小时。而自认身强力壮从不保养的妈妈，62岁患癌症撒手人寰，一直是我们心中的痛。

小时候我没怎么吃过猪肚，坐月子时却一天一个。亲爱的妈妈为了给我恢复体形，不断用猪肚给我补，匪夷所思的是整只猪肚什么都不放，蒸熟就给我吃，没有油没有盐，因为大家都说月子里不能吃油盐。吃的时候就像吃橡皮，就像我当时松懈的肚皮，吃到崩溃。那段时间，我一边痛恨着自己臃肿的身材，一边痛恨着自己的饮食，几乎生无可恋。

后来我差不多十年没有吃过猪肚，甚至听到猪肚就想吐。直到后来吃到青椒煨猪肚。

这是湘菜馆常备的菜。

某次老乡聚会，满满当当的湘菜里，就赫然有这道名菜。小火慢炖的瓦钵里，一根根赤条条的猪肚就半卧在飘荡着绿油油青椒的黄汤里，白的肚条，黄的汤汁，绿的青椒，颜值不可谓不高，"好色"的我怦然心动，忍不住尝了一口，一下惊为天人。

肚条软滑柔韧，一嚼就烂，却仍有嚼头。青椒清新微辣，渗入柔滑肚条里，让本该油腻的肚条有了几分率真，真有点不忘初心，从头来过的意味。

青椒焖肚条做法不难，难的是耐心。

前期准备复杂，蒜切片，青椒切圈，姜切片，葱绾结。猪肚处理麻烦，须用盐、醋、面粉反复处理。用水焯，捞出后在热油锅内和姜片爆炒，然后加胡椒放高压锅焖。焖几分钟后捞出又和蒜片在热油锅里爆炒，然后放猪肚汁，加蒜片和青椒焖，出锅放葱结。

肚条在焯、炒、焖等多道工序里，与姜、胡椒、蒜、葱等不断交手，口感、口味等都已是物是人非，换了人间，好像集合了湘菜里最需要的味道——鲜香辣，而这样的味道附着在一根有嚼劲的肚条上。就让这样的鲜香辣定格在口里！就好像歌德在《浮士德》里对那个魔鬼说的话：你真美啊，请停一停！就好像在春天的原野里，渴望所有的鸟语花香都永远下载在脑海里不要被格式化。

再回想当年被我痛恨的猪肚，终于明白，食物有时也不可完全素颜，就像真话，也不是永远可以冲口而出，即使面对挚爱亲朋。文明的进化，就是让我们多一些包装，哪怕是一只无辜的猪肚。

青椒肚条，终于让美味停留了。

或者胡椒，或者青椒。

抱一抱，我的抱盐鱼

　　"不被时间和社会束缚，幸福地填饱肚子的时候，短时间内变得随心所欲，变得自由，不被谁打扰，毫不费神地吃东西的这种孤高行为，是现代人都平等地拥有的最高治愈。"这是日本电视剧《孤独的美食家》里主人公的独白。

　　一口抱盐鱼，一口白米饭，鲜香辣，大快朵颐，酣畅淋漓，就真正体会到这句话的真谛。

　　湖南是鱼米之乡，鱼的制作方法众多，有腌、熏、风干等等；烹制方法亦颇多，有清蒸、水煮、红烧、干烧、油焖等数十种。

　　在长沙、湘潭一带盛行吃的抱盐鱼，颇有些特色。

　　抱盐鱼，又叫刨腌鱼，或暴腌鱼。我习惯叫抱盐鱼，总觉得这个更形象生动。

　　抱盐鱼最好的食材是草鱼、青鱼，因为草鱼的肉身肥而刺少，肉质粗壮，成条状，煎炸之后有韧性和弹性，非常受食客的欢迎。至于青鱼，《本草纲目》载："青鱼，青亦作鲭，以色名也。青鱼生江湖间，南方多有，北地时或有之，取无时。似鲩（草鱼）而背正青色。南方多以作鲊，古人所谓五侯鲭即此。鱼肉甘，平，无毒。"

　　抱盐鱼之所以成为抱盐鱼，关键是腌得好。

　　草鱼或青鱼洗净后去鱼鳞、内脏及鱼鳃，过程中不应水洗，否则破坏鱼本身的鲜味。将鱼分成几大段，不要鱼头和鱼尾，只要鱼身，在每段的鱼鳞面划花刀，以便入味；再将适量盐均匀地涂抹在鱼肉上，此称为抱盐。鱼肉在抱盐后，脱水去腥，保鲜亦好保存；鱼肉亦抱紧，更紧实有弹性。

抱盐鱼无头无尾，不好上正席，却是平常百姓的心头好。因为实惠，没有不能吃的部位，厚厚实实的，全是肉。

腌时放盐是门技术活，要咸淡适宜，咸了下不了口，淡了鱼肉不紧更不好吃。腌的时间也有讲究，不能太长亦不能太短，长了太咸，短了同样鱼肉不紧，以一至两天为宜，再长的话要么会咸要么会臭。就像夜里寂静无声下着雪，第二天推窗发现，积雪已是半尺深，这味已在不知不觉中触及灵魂深入骨髓，这样的抱盐鱼才算是腌好了。

抱盐鱼烹制方法很多，有清蒸、干烧、红烧、油焖、干煎、香煎、铁板等，最正宗的吃法是香煎。

香煎的关键是煎，煎得好，才好吃。

锅底烧红，入茶油烧开后倒出，再加茶油，热锅冷油下鱼，这样煎鱼不会散，也有的在油锅里放几块姜，也能保证鱼不散架。待鱼两面煎黄起锅，在油锅中倒油加剁辣椒、姜丝、蒜片炒，炒香加紫苏加水，烧至水干将油、料淋在鱼上即成。

鱼肉厚实的则还要多加一道工序，香煎之后加各种作料加水红烧。

我最喜欢的是蒸抱盐鱼，把两面煎黄的鱼肉加剁椒、豆豉、紫苏放高压锅蒸十分钟，出锅再放葱花。

如果说清蒸新鲜鱼是美味，蒸抱盐鱼则是韵味。

鱼身厚重、肉质紧致、外表焦黄、内里鲜嫩、咸鲜微辣、味道醇厚，就像酿了多年的酒，修炼了多年的白蛇，道行不能不深啊，韵味不能不足啊。那些草鱼青鱼错过了当年的青涩，终于在另一个时段绽放了，只要不放弃，总会有高光时刻。

这时节，没有什么比我的抱盐鱼更适合我的胃了。

有灵魂的血鸭

　　"永州之野产异蛇。"柳宗元的《捕蛇者说》里说。其实，永州还出血鸭。

　　永州偏于一隅，曾是流放发配之地，民风自是强悍，做菜也非常生猛，从血鸭可见一斑。

　　我一同学是永州人，血鸭做得极好。目睹其做菜亦是享受。一个爱为家人及朋友做菜的男士自是温暖的。

　　做血鸭讲究三冒烟，锅置火上烧干冒烟，加油烧热冒烟，放入姜片（最好是子姜）干煸到冒烟。如此才算是为鸭的出现热场。

　　身为主角，鸭绝对不是平常的鸭，绝不是超市冰柜里陈设的惨白的切块鸭。它为当地麻鸭，且是子鸭，日日在田间行走池塘嬉戏，肉质紧实鲜嫩。宰杀鸭亦有窍门，刀不离血管，

永州无鸭用以吉也麻
鸭日日也因书引之
池塘娇晓

血顺刀流入碗中，鸭肉切成块。

此时锅已被油和姜炒香，鸭肉上场，炒至半熟加入米酒去腥，加入青红椒、蒜子翻炒断生，加入酱油调味调色，白嫩的鸭肉幻变成了酱色，有了深沉和阅历，恍若岁月记忆。炒至八成熟时轮到鸭血登台，新鲜的鸭血倒入锅中的鸭肉上，每一块鸭肉都饱蘸鸭血，总觉得鸭肉在这时宛若灵魂附体，有了鲜活的生命。蘸血的鸭肉被不断翻炒，香味阵阵，那是富含着泥土芬芳、湖光山色的香味啊。待鸭肉全熟，下葱和香菜调味，倒上少许醋，此时一道地道的永州血鸭大功告成。

比起以冰冻鸭肉靠调味品做成的各式鸭，血鸭饱含春天万物竞发的勃勃生机，生猛到仿佛是行走的荷尔蒙。血使得这道菜呈糊状，味道缠绵，鸭肉紧实细密，紧紧地依附在鸭骨上，需用牙慢慢地从鸭骨上剔下，每一口都是一个劳作的过程，却又充满浓厚的兴趣，吸引人的就是让人销魂的味道。

为了尽兴，我们配上当地特有的米酒或谷酒，大口吃肉大口喝酒，愈发体会当地人特有的豪情。美食有时亦是媒介，随时感受与食物匹配的情绪。

这是永州血鸭的基本款，永州下面几个县市各有发挥。宁远人喜欢放黄豆、花生一起做。黄豆跟花生事先用水焯好，然后再与血鸭一起煮，黄豆和花生吃进鸭的浓郁，让血鸭平添一分清爽。新田人喜欢以富硒黄豆、陶岭辣椒佐之，有时候还放些芝麻，做出来的新田血鸭香辣可口，色泽油亮，味道别具特色。

值得说道的是血鸭汤汁更是鲜美，拌饭或是煮面都是极好的。

　　血鸭起源甚早，元代已有记载。成书于元末明初的《易牙遗意》中写道："鸭颈剁下，盘受下血水……鸭煮软后捞起，搭脊血并沥下血，生涂鸭胸脯上，和细燠料再蒸。"和现在的做法基本一致。

　　永州血鸭的起源亦有典故。据说当年洪秀全领军打永州，行前让厨师杀鸭为官兵壮行，厨师情急之下将鸭血和鸭肉一起炒，不料深受欢迎。后来大胜而归，壮行的菜也鸡犬升天，并被洪秀全妹妹洪宣娇命名为"永州血鸭"，算是给这道菜平添了一份生猛的气质。

高
椅
的
烂
菜

　　那一年清明节在怀化会同婆婆家。有一天，我们临时起
意去附近的高椅逛。

　　高椅是一个保存得比较好、规模比较大的明清建筑村落，
因三面环山一面临水，地形犹如一把高高的太师椅而得名。
每家每户独门的小院各自"天人合一"，又户户相通，是典
型的明代江南营造法式，同时又具有浓郁的沅湘特色兼侗家
风情。虽然整个村子是以木质建筑为主，但由于高墙封闭，
下水道纵横，得以防火、防潮，使这些明清时期的古建筑历
经六百多年不朽。

　　满目是青瓦风火墙，随处可见绕村而行的清溪，只觉深邃、
幽静，充满韵致。转了一上午，仍兴致不减。

　　中午在村里找了一个小饭店，我们说在家里吃油腻了，

想换个口味，店家推荐了一条本地河鱼清蒸、本地香肠，还有烂菜。

那是第一次吃到烂菜，突然觉得胜过一切肉类。它的出现可说是恰逢其时，而且也恰逢其地——在这样一个古村落，吃着当地土菜。

烂菜就是水煮干菜叶。

店家说，这种干菜叶是本地产的一种蔬菜，当地人叫大菜，学名为菘菜。它用开水烫过晾晒而成，鲜嫩的青叶就成了褐色的干叶，就像枯干的标本，可长期保存。吃时和新鲜笋片一块煮，最好是春笋，春笋以黄土山上即将出土的白芽笋最好，有种雨后初晴的感觉，煮得软软烂烂的，于是大家都叫它烂菜。

一个是上一年的精心储藏，一个是最当时令的采撷，两个季节在硕大的铁锅相遇，两种食材原本都带些许苦涩，被中和并激发出绵长的回香。菜叶绵软缠绵，笋片清香脆嫩，汤水清亮鲜美，尤其适合吃过大鱼大肉后的清肠刮油。

烂菜的制作方式，我在湖南其他地方从未见过，干蔬菜做成腌菜汤的多，但春笋不会与它炖在一块。在遥远的江浙却有异曲同工的，比如腌笃鲜，也是春笋煮各种，当然更为豪华，烂菜与之相比像是个没有加肉的简版，却更显清幽。

在湘西的农家，往往早早把烂菜煮好，到晚上甚至第二天才吃，让二者的味道历经猛火的融合后进一步细细渗透，竟完全是"先结婚后恋爱"的做派，而且爱到了天长地久绵绵不绝。

回家后告诉婆婆我们吃到烂菜，婆婆很惊讶，说这么简陌的菜是当地乡下人家里吃的，还以为你们不爱吃呢，以前穷没什么东西吃，上山砍两根笋，放一把干菜叶煮，就是一家人的菜。

于是，那段时间隔三差五我们就和烂菜"约会"，结下深厚情谊，真的爱上烂菜，而且吃不厌。

带我们去高椅的朋友看我们如此喜欢吃，在我们回北京以后，他特意快递了一大包干菜，我们对于烂菜"立等可取"的惬意日子持续了一年有余。

或许因第一次吃烂菜的背景是高椅，后来一吃烂菜就想起这个充满韵味的古村落，也算是多次在烂菜里回味高椅。

干扣面

　　南方春天的早晨是从鸟鸣开始，而湘潭的早晨是从米粉开始，或者，从干扣面开始。

　　早起，时间来得及，会就近去住处旁的米粉店或面店，点一碗面："二两面，干扣，加个蛋。"五六块钱，还附送一碗排骨海带汤或排骨冬瓜汤。

　　特别喜欢干扣面，面上清晰地排布着肉和各类作料，貌似泾渭分明，山清水秀，风和日丽。

　　一碗好呷的干扣面，主要取决于调料的比例和面条的软硬熟度，其次是码子的口味。

　　小面馆的面条是外面买了面粉揉成面团后，老板娘自己用面条机压的，加了碱，筋道利落，下水捞起来也不黏，倒很像老板娘的风格，说话干干脆脆，做事风风火火、麻麻利

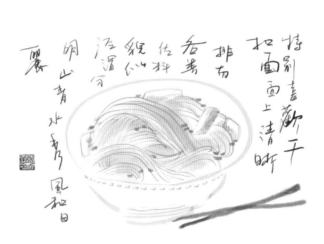

特別喜歡干拌面面上清晰排布各类佐料 細仙 浴滑句 明山青水秀 風和日麗

利的。

各色配料亦是老板娘精心制作的，剁椒，鲊辣椒，油萝卜丁，腌菜，榨菜，腊八豆，酸豆角，蒜泥，有时还有油渣，林林总总摆了一大桌，全是免费随意添加，似乎这样才对得起这些吃面的饕餮之徒。

码子种类很多，除了常见的肉丝，还有三鲜、煨肉、排骨、牛杂、牛肉等多款供人选择，每一种码子都惹人爱。还能现炒码子，比如辣椒炒肉、酸辣鸡杂、白辣椒炒腊肠等，热腾腾的，更有烟火气。

面条在水里滚几下就捞出，搁在已放了油盐酱醋的碗里，然后浇上带肉汁的肉丁码子，肉汁调料宛如国画中的神来之笔，撒上葱花，于是面条不再是简单的面条，而像有了灵魂。

更汹涌的高潮在后面，剁椒、腌菜、腊八豆、酸萝卜等南方最霸气的作料飞奔而来，与面条紧紧拥抱，一旦搅和起来，五味杂陈，与面深入骨髓般交融，油盐酱醋及剁椒腌菜葱花与碱面省却所有的中间环节进行最直接的贴身肉搏战，即是作料与面的热烈恋爱，小葱的清香、剁椒的咸辣、腌菜的隽永、猪肉的酥熟、碱面的筋道，各自为战又互相配合，那味道立时融为一体。面吸纳了作料的千辛万辣千娇百媚，却还保留着筋道，佐以精心烹制的炖肉以及外焦内嫩的荷包蛋，让这场恋爱达到极致。

南方人用自己的食材、自己的手艺给了来自北方的面最好的回报。

一直没闹明白，湖南并不盛产小麦，却能把一碗面做得风生水起，大约是只要有想法，拿来主义肯定行得通。

　　干扣面是湘潭人的叫法，在长沙又叫"带迅干"，"带迅"是行话，指熟而不烂，"带迅干"就是不要汤。

　　其实南方各地流行的干拌面与这大同小异，如重庆小面，在牛肉、酸菜等各类码子之外无非加了一点麻；武汉热干面，加了芝麻酱；复杂一点的是安徽的涡阳干扣面，以煮熟的黄豆芽作铺垫，配以蒜汁、葱花、味精、胡椒、食醋、麻油、酱油等为底料，煮熟的面条如雀巢一样覆盖其上，再以油炸辣椒作上料，充分搅拌以后即可。

　　但是我依然觉得我们湘潭的干扣面是最好吃的，味蕾比爱情更诚实也更专一。

家常豆腐

　　总有一些食物廉价却营养又可口。比如豆腐。

　　记得小时候，早晨跑步后会去附近菜市场买一盆豆腐脑和一把小葱。妈妈给我们做豆腐脑汤喝，配上爸爸做的卷子或包子，便是最平常却最可口的早餐。

　　豆腐应该是湖南平常人家出镜率最高的菜。除了豆腐脑，还有水豆腐、香干等。

　　豆腐做法很多，湖南人惯用的是家常做法。做法简单，就是煎，只是程序略有点多，需要耐心。挑硬一点豆腐切成小方块，不要太厚，否则中间煎不熟，亦不要太薄，否则煎的过程中会断裂。通常是拿豆腐往手上切，待油烧热后直接下锅煎，以示潇洒。煎豆腐是个费时的活，不能急，两面煎得焦黄才可出锅。

豆腐做法很多，湖南人惯用的是家常做法

一定要有五花肉。猪肉在日常饮食中真是性价比最高的硬菜，好吃又便宜，所有素菜沾了荤、有了五花肉为伴，好像怀春少女的眼睛一样水汪汪、滋滋润润的。

　　五花肉在锅里炒出油，肥的透明，瘦的退去红涩，马上倒入煎好的豆腐，还有豆豉、剁椒、姜丝、蒜片等一起翻炒，再放入生抽及些许水，依然是爆炒，最后加蒜叶拌匀，即出锅装盘。焦黄的豆腐与红红绿绿的辣椒蒜叶，就像是清新的山水画。每一样食材都体现了极强的原创精神，没有简单勾兑，亦无套路般的混合，而是将最平常的食材碰撞出了最佳的化学反应。最难得的是，虽然味道丰富，豆腐的本色依然风骨犹存，硬硬朗朗地存在着。豆腐外焦内嫩，又渗入肉的油滑、辣椒和剁椒的生辣以及葱蒜的鲜香，全都丝丝入扣地在豆腐里层层叠叠地显现出来。

　　我喜欢这样的豆腐，既有一清二白的豆腐本质，亦不拘泥于清高，更不自怨自艾，充分入世，吸纳世间百味，在够得着的现实中成就自己最好的人生。

　　我觉得所有豆腐的做法，包括名扬天下的麻婆豆腐，都不及家常豆腐好吃。

　　麻婆豆腐好吃，不过是调料劲爆，豆腐已经被浸染到可以忽略不计了，麻婆豆腐的成功其实是豆瓣酱和花椒的成功，什么食材碰到豆瓣酱和花椒都像遇到化骨水，本身滋味无影无踪。豆腐真像掉进了酱缸，只有口感再无自身口味。

　　在怀化，豆腐还有一种家常做法，鸡蛋炒豆腐。鸡蛋豆腐一起炒，蛋和豆腐碎碎地纠结在一起，不分彼此，再加剁椒、葱花等，所有的味道无限融进鸡蛋和豆腐里，嫩香无比。

豆腐的变体香干也是性价比超高的食材。香干炒肉、香干炖肉，都是极易出彩的。即使什么荤都没有，韭菜炒香干也是极好的。

我们小时候，妈妈把香干用盐腌后晒干，给我们当零食吃。干干的，很有嚼头，略有点儿韧劲，也是我们那个年代的美食。

豆腐的存在，大约是寻常百姓愿意以这种食不厌精的方式，表达对日常生活的敬意。

米豆腐，不只在芙蓉镇

　　在天津一家冷僻的湘菜馆居然有地道的米豆腐，让我对这家湘菜馆顿生好感。

　　米豆腐，好像只在湖南餐桌上见过，是否因为湖南是鱼米之乡，老百姓以米为主食，所以米的加工方式才这么丰富？就像美国人对土豆不遗余力地开发，意大利人做面条上升到流派和主义的境界。

　　湖南人做米豆腐极为讲究。朋友殷姐经营湘菜馆多年，婆家为株洲著名的米豆腐世家，对其制作工艺非常熟悉。据她介绍，米为糙米，且在粮仓压底两年以上，已自动发酵，米磨成浆，用井水加石灰水及某种家传秘制卤水勾兑好，置大铁锅内，下用柴火煮几个小时。火候至为关键，浆不能起坨，如此才能通透。煮熟后，撤火，倒入容器，盖上干净毛巾冷却。

第二天早上，一块块黄色的米豆腐便制作完成，这是米的升华。

米豆腐制作过程复杂，活很精细，烹制方法却很简单，无外三种：切成小块后煮熟捞出，加各种作料拌匀即可；和肉泥一起红烧；加肉泥、酸菜做汤。其滋味各有各的美。

多年前看谢晋导演的电影《芙蓉镇》，刘晓庆手脚麻利地做米豆腐，米豆腐在大铁锅里煮熟捞出来，放入瓷碗里，放酸菜、肉泥、辣椒、葱、姜、蒜，热腾腾、香喷喷，让人食欲大增。

那时的刘晓庆明媚清新，自然洋溢出的生命力，直击心扉。而电影里的米豆腐以湘西古镇青石板街木制房为背景，风味独特，朴实无华的米豆腐注入千般思绪万般风情。这也算是湖南人对自己赖以生存的粮食的最高爱恋。

为此，当年我还专门去了一趟《芙蓉镇》的拍摄地——王村，好好体验了一把米豆腐的滋味。

王村是一个土家族聚居的古镇，拥有两千多年历史，因宏伟瀑布穿梭其中，又称"挂在瀑布上的千年古镇"。

小镇四周是青山绿水瀑布，镇区内是曲折幽深的青石板街巷、临水依依的土家吊脚木楼以及板门店铺的五里长街，热闹非凡，洋溢着淳厚古朴的土家族风情。正是春天，沿街叫卖的时令小菜如蕨、春笋就摆放在各式竹筐里，水灵灵地吸引着我们的眼球。

镇上到处是米豆腐店，最正宗的米豆腐在牌坊附近，它就是电影中的那家米豆腐店。煮豆腐的当地大嫂和刘晓庆一样热情能干，一边张罗着客人，一边忙着手上的活。米豆腐切成小片煮熟捞出，依个人口味配上肉末、大头菜、腌菜、酥黄豆、酥花生、油辣椒、酸萝卜等，以及油、盐、酱、醋、葱花、姜丝，再加汤汁，软糯的米豆腐便有多般滋味，层层递进地裹挟着味蕾，润滑鲜嫩，酸辣可口。

其实，不只是芙蓉镇，在湘西各个地方都能吃到这种小吃，而且因配料有异，味道略有差别，但大同小异，都很好吃。

我有段时间非常迷恋米豆腐，顿顿吃还吃不腻。不只是喜欢米豆腐的味道，更挚爱它的口感，厚实温润，黏黏巴巴的，特别有安全感。到北京工作后，总是托各路朋友从湖南空运米豆腐入京，以饱口福。

米豆腐的变异还有白粒丸，制作简单，大米磨浆搅糊，加入沉淀后的清石灰水，煮沸，再用过滤机捏成圆粒形之后放入冷水即成，湖南各菜市场都有卖。

长沙、株洲等地都盛行白粒丸，配料略有区别。长沙火宫殿里的白粒丸是其招牌，我每次去必点。

老湘潭人的白粒丸必须搭配油萝卜和酱榨菜，再来上几滴麻油，撒上葱花。酱香相间，糯滑爽口，咸辣鲜香，妙不可言。

虽然家家户户都会做，但是小时候总觉得街头小摊上的更好吃。一块大塑料布支的一个摊，带给我们特别大的惊喜，至今难忘。

湘菜的节奏

　　很多年以前看作家陆文夫的小说《美食家》，小说中的江南食客致力于吃，菜品极其精致，上菜顺序也很讲究，先上什么后上什么都不能错，且每道菜的盐量会因先后而异，等等，讲究至极。

　　如此看来，湘菜规矩真没这么多，顶多是有个先上凉菜再上热菜这样一个粗放逻辑，再讲究一点也只是先荤后素禽鱼搭配的排兵布阵。常见的都是呼啦啦一盆又一盆悉数登场，倾囊而出，根本没有铺垫，没有配合，更没有先抑后扬、欲盖弥彰、欲擒故纵等技巧，只求快点出货，快点入口，大快朵颐。就像湖南人说话，话多且密，几乎没有句号和省略号，甚至连逗号都没有，只有顿号，连珠炮里多的是湖南式的没有克制的热情，没有边界感的亲密。

贫女城存佃户勤，人民祗怕公子爷，一盏义昼一盏夜，盏盏谁知贫女热。百忧需生根年法百介，重销经营日至夏，新谷口不愽桌生，贫士愽杂颐。

若说湘菜完全没有节奏，亦不尽然。我曾在一家私房湘菜馆等上菜，等得几乎饿晕过去，因为生意太好，老板无暇顾及我们，我求他插空做一个菜让我们垫一下肚，他坚拒，理由是必须做好三个菜才上，免得后面跟不上，他必须一鼓作气一次上完。碰上这样较真的老板真没有办法。但似乎这样的上菜节奏和淮扬菜的节奏根本不在一个维度上，不能算。

若说淮扬菜等菜系讲究的是循序渐进、九曲连环、渐入佳境，湘菜的节奏更像是大珠小珠落玉盘，甚至是疾风骤雨，更有"让暴风雨来得更猛烈些吧"的海燕精神，更咸更辣更刺激的竞技精神，比的就是谁比谁更革命，谁比谁更任性。

就像此刻，北京的春天，我在熟悉的湘菜馆里，点了一桌地地道道的湘菜，臭鳜鱼、辣椒炒油渣、雪里蕻肉末、辣椒煨猪肚、白辣椒炒腊肠、五花肉焖油豆腐等。好不容易到了心仪的馆子，恨不能宠幸每一道心仪的菜，才不管荤素搭配、红白肉相间等等，只要喜欢，都给姐点上。也不必像法式料理一样，吃完一道再上一道，等下一道菜等得望眼欲穿肝肠寸断嗓子眼都伸出手来。就这样一次性上齐，在姐面前争奇斗艳，一个比一个辣，一个比一个过瘾，让姐幸福得不知所措，吃得完全没有章法，吃到最后辣到眼泪出肚子疼，居然有乱拳打死老师傅的感觉。只觉得每一道菜每一种味都点中穴位，痛快得无以复加。这时候才不要什么顺序，什么理智，飞蛾扑火般与它们紧紧拥抱，就像一场失控的发恋，就让姐一次爱个够，死了也开心。窗外春风沉醉柳絮飞舞，我感受着味蕾极大的快乐。

如果在一个更宏大的架构中看湘菜，它的各个菜品之间似乎没有呼应，没有互为铺垫，没有相辅相成，每道菜都好像是单打独斗，横空出世，自成气候；每道菜都极其张扬，不留余地地拼出自己的个性，即使没有担当掩护的其他菜品，它也依然能一枝独秀。

夏

明月别枝惊鹊，清风半夜鸣蝉。稻花香里说丰年，听取蛙声一片。

——［宋］辛弃疾《西江月·夜行黄沙道中》

家常丝瓜

如果是夏天在湖南，一定愿意餐餐吃丝瓜。如果哪天回家吃饭，会特意告诉爸爸，让他提前炒丝瓜，因为我要吃冷丝瓜。

丝瓜，葫芦科一年生攀缘草本，果实圆柱状，直或稍弯，表面平滑，通常有深色纵条纹。《本草纲目》："丝瓜，唐宋以前无闻，今南北皆有之，以为常蔬。嫩时去皮，可烹可曝，点茶充蔬。其花苞及嫩叶、卷须，皆可食也。"

丝瓜，我一直认为只有湖南人而且是湘中地区的人才真正懂得它。

大部分地方都是丝瓜开汤，清水中飘着几片各不相干的丝瓜和肉片，就像游离在世间的孤魂，清汤寡水，无味得很；又或是丝瓜炒虾仁或鸡蛋，混混沌沌的，好像也不得要领；

瓜在嘴裡是豐厚軟糯的甜和野和感覺。有溏心蜜吻的感覺。味道都是清香中帶香濃厚的甜意，有感的滋味。

最复杂的莫过丝瓜酿肉，费尽周折掏空丝瓜，又剁了肉馅，除了借丝瓜的皮囊塞了点肉，好似也没有品出丝瓜的味道；又有创新者，以鸭蛋黄焗丝瓜，实在是混淆了丝瓜的清香，就好像本是一个出水芙蓉的豆蔻少女，非要她浓妆艳抹，无端染上几分风尘。

只有湘中人做的家常版丝瓜，才做出丝瓜的精髓。

湖南的丝瓜短圆饱满，表皮平润，我们叫糯米丝瓜，不似北方丝瓜，细长条，外皮枯干，瘦弱得像老妇干瘪的胸脯，如过往的消瘦春秋，好像更适合做洗碗布，磋磨着往昔的沉淀。

选用几条肥腻的糯米丝瓜切成敦敦实实的厚片，用少许猪油在锅里翻炒。猪油的好处是香，有肉荤特有的旖旎，但又没有牛羊油的腥气，而且用猪油炒丝瓜，既能炒出水，又不会粘锅变色。炒后再用小火清熬，渐渐从肥糯的瓜肉里渗出如奶般浓郁的汁水，此时放盐出锅。盐绝不能早放，若早放则会毁了丝瓜的青绿。汁浓如膏，瓜绿如玉，饱满的丝瓜躺在白色却仍感浓郁的汤汁里，即使是素颜，也有了浓墨重彩的意味。

这道菜除了油盐什么都不能放，不要湘菜里几乎通用的葱、姜、蒜、辣椒，好像容不下除丝瓜外任何其他滋味，丝瓜强大的存在感不需要任何其他食材的加持。

瓜在嘴里是丰肥软糯的体积感，口感无比充盈，真有法式湿吻的感觉，味道却是清新中带着浓厚的甜意，如初恋的滋味；又像点点花瓣在水上荡起无数涟漪，一圈未散，一圈又荡开，弧纹圈圈层层，竟不能停息。

最好是放凉了再吃，味道更凝重，仿佛曲终人散时，天边那抹亮亮的月色，无尽的滋味升腾又落下来，砸在心里，翻起千层浪。无声的力量。

若是放小坨刚出锅的米饭相伴，白绿相间极为养眼，米饭的平实又平衡了丝瓜的甜腻，恍若国画中惯常的留白。热饭暖了丝瓜，又像温热的婚姻，平淡下有着经年累积的磕碰，亦有无尽的默契，竟有些让人沉迷。

有时，我也喜欢用冷饭泡冷丝瓜。都是冷的，似乎一去万里再无纠葛，料是相敬如宾相安无事。不想相守久了，略硬的饭粒渐渐在浓郁的汤汁中泡发了，软软的有些凝滞的丝瓜本是无意裹挟，却在天长地久中与米粒越挨越紧。清冷的二者彼此安慰，恰似找到虽然已不温暖却淡定安好的怀抱，倒是一派天凉好个秋的舒坦，尤其是在炎炎夏日。

红苋菜煮皮蛋

　　一直觉得食材和食材的邂逅都是一种缘分。是在怎样一种机缘巧合下，两种生活在不同环境中的食材会组合在一起形成一道成熟的菜品，而且又广为传播？比如红苋菜和皮蛋。

　　湘菜中，亦为蔬菜亦为汤亦半荤的红苋菜煮皮蛋，算是天作佳偶。

　　某年夏天请一个天津朋友在湘菜馆吃饭，他吃到红苋菜煮皮蛋时几乎惊诧到极致：居然有这种搭配？居然还有红汤？

　　确实，这道菜有一些诡异。

　　红苋菜完全不同于其他蔬菜，煮熟后会溢出玫红色的汤汁，浓烈瑰艳。若倒入饭中，整碗白米饭全是玫红，像夏日黄昏海上，天空中一闪而过的惊艳；若撒落在碟子上，就像豆蔻染红指甲；若沾在嘴角，就是一抹浓烈的风情；若不幸

亦為蔬菜
好做湯亦
半席的
紅莧菜
煮食是
亦算
了做
佳偶

掉到衣服上，那也许就是张爱玲笔下的蚊子血。

松花皮蛋剥完皮后，绿油油的，就像幽灵的眼睛。在很多地方皮蛋只是做成凉拌菜，一切四瓣，淋上麻油、酱油等就大功告成。湖南人偏要另辟蹊径，如果说与辣椒相遇，做成擂辣椒皮蛋，靠的是擂钵和擂棒的碰撞，是硬碰硬，辣得霸气；与红苋菜的结合，真的是让皮蛋跌进了温柔乡，让幽灵般的皮蛋温润起来，性情大变。

红苋菜在融化的猪油里快速翻炒后，清新香甜，加水，煮出一片红艳艳的汤汁，皮蛋唰的一下滑入这有色有香的汤汁中，被锅铲铲到四分五裂，在汤中就几乎魂飞魄散了。融入了红苋菜的清甜，不再深沉腹黑，只是一味地呈现着自己柔软滑嫩的身姿，低些，低些，再低些，恨不能打碎自己，让自己幻变如无形，以最臣服的姿态，向苋菜汤谄媚着自己的鲜味。而苋菜也更加做小服软，片片菜叶已抽筋去梗，柔若无骨，恨不能全融进皮蛋怀抱，贴在皮蛋心口，表达着自己的依恋。二者都如此心甘情愿地向对方靠拢，低到尘埃里，因爱得无怨无悔，皆快乐无比，而且还成就了汤，以及蒜子。

那锅汤，清新鲜美，几乎鲜到骨髓，而且色泽明艳，独一无二。决不是光有红苋菜就可以熬出来的，也不是光有皮蛋就可以的。只有红苋菜和皮蛋的结合，而且是完美的表现，才可以成就这一种寂静无声却又轰轰烈烈的瑰丽。

而蒜子，白净崩脆的蒜子，在汤里煮出了人生的另一个境界：浑圆粉嫩，而且红润，这就是最美的年华、最美的风姿。

豆角茄子的友情

　　在湘菜里，蔬菜除了自作主角或用各类作料清炒，多半是和荤菜搭配，充分体现湘菜的实用主义，好像花旦配小生天经地义。但双花旦的，比如蔬菜炒蔬菜的尚不多见，豆角炒茄子是一例。有点像白蛇和青蛇，只是没有许仙。

　　据说这道菜起源于长沙高桥市场。不知什么样的创作背景，是某人灵光乍现的创新，还是无心之作？无从考证。现在几乎每个湘菜馆都有。很多年前在饭店吃到豆角炒茄子，觉得好奇怪，为何这两个味道、口感等完全没有逻辑关系的菜会被捆绑销售？

　　它们的制作过程其实还是体现了对它们的尊重，并没有像某菜系一样，不管青红皂白，上来就一锅乱炖，还是遵照循序渐进的交友原则。先是分别走大油，热油炒茄子条，茄子软后捞出控油。然后放入豆角过油，豆角变软后捞出控油。这好像是耐心等待着两位主角的成长，以及心理建设。从这一点来看，双方似乎具备相同的成长环境，也算是有一共同点。为了茄子豆角的见面，先将蒜米和干红辣椒煸炒出香味，有了这样的前提，再开始豆角和茄子的融合，在充溢着大蒜辣椒香气的锅里，倒入豆角茄子，加些许水、盐等快速翻炒。

豆角和茄子就这样被糊里糊涂凑成一对儿了。

即使在一个油锅里滚过，但豆角和茄子还各是各，没有吸纳对方一丝一毫的味道，融合的只是油和辣酱蒜米的味道。这与它们之前各自的经历不同，比如茄子炒青椒，一定深深渗入了青椒的清新辣气。又比如豆角炒青椒，亦会辣入骨髓。而豆角和茄子，都顽强地保持着自己的个性，豆角依旧崩脆清新，茄子依旧绵软糯腻，豆角里完全没有茄子味，茄子里亦不见豆角味。不知它们是先天就缺乏融合的基础，还是在哪里错过了，或是外部媒介不够？只能说造化弄人，厨师们的乱搭配弄出的乌龙。

就这样，茄子即使玉体横陈造型诱人，豆角依然绿了吧唧兀自伶仃形单影只。

塑料花的友谊，即使在同一个时空，孤独照旧孤独。

并不是每一个组合都是上天的安排，或者说上天的安排也有走眼的时候。

即使有过共同的成长历程，有过共同的朋友。

湘菜界亦是江湖。

青神若孝马黠侯
白蛇与青蛇

姜，从老生到花旦

姜真的很猛烈。

切姜的时候有强烈的这种感觉。

湖南人特别喜欢姜。

"冬吃萝卜夏吃姜，不用医生开药方""朝含三片姜，不用开药方""冬有生姜，不怕风霜""家备小姜，小病不慌"，林林总总，不一而足。

姜具有祛湿、开胃、保护肝脾，提升体内阳气的作用，普通人就把姜当成神物。

清嘉庆十五年（1810）《长沙县志》与到姜，"御湿之菜也。长沙土下，惟高田中可种。三月种，五月生苗如嫩姜。秋社前后，新芽如指，

采食无筋，尖微紫，名紫芽姜，又名子姜……霜降后，则老。性恶湿畏日，秋热则无。姜气味辛。生用发热，熟用和中，留皮则凉，去皮则热。八九月多食。"

如此神物，做菜时怎么少得了呢?

荤菜，不管是鸡鸭鱼，还是猪牛羊狗，不管是炖煮还是煎炒，姜都是必需的。

猛烈的姜与这些牛鬼神蛇碰撞交汇，自己猛烈的性子收了，对方浓腥的气息也芳香了。

感觉姜是远古蚩尤一样的存在，尤其老姜，"姜是老的辣"，说的就是姜的这种老辣狠劲。

老姜是指生长时间长的姜种，俗称姜母，皮厚肉坚，辛辣味浓。生姜生长期越长，姜辣素的含量就越高。生猛粗犷，浑身荷尔蒙，张扬到肆无忌惮。然而，碰上各类荤物，就像牛魔王遇上铁扇公主，双方混搭融合，居然和谐成美味。

湘菜里，姜和辣椒、葱、蒜算四剑客，负责合力调剂出湘菜基因。

姜是当仁不让的头牌，甚至专门有姜辣系列，如姜辣凤爪、姜辣猪脚、姜辣老藕等，个顶个的辣得厉害。

虽然绝大部分湘菜都要用到姜，但姜的用量，也上下差别很大。炖菜里，几片姜，去点腥味而已；而炒菜时，有时和荤菜分庭抗礼，甚至还有些喧宾夺主。

比如姜丝牛肉，一半姜一半牛肉丝；干锅鳝鱼，姜和辣椒打底，上面铺着薄薄一层鳝鱼，一半身子还藏在姜片里；老姜炒鸡，甚至要扒开姜去找鸡。

岳麓山屋餐馆有道名菜吴氏土炒鸭，姜切成细细的丁，鸭肉切成细细的丁，颜色差不多，搞不清哪是姜哪是鸭。感觉姜比鸭多，吃到鸭子弥足珍贵。正因如此，鸭肉特别入味特别好吃。

姜还可以放进剁辣椒里，相得益彰，辣味立刻几何级提升；湖南豆豉里也要放姜丝，更加香辣可口；邵阳霉豆腐也会放姜丝，口味更好。

姜还可以入药。如果受凉感冒，湖南人习惯拍一整坨姜，加开水红糖一泡，发热出一身汗，立刻痊愈。

生姜有老姜，亦有子姜。因为子姜季节性强，只初夏出，故做菜时平常多用老姜，而泡制时多用子姜。很多湖南人家里常备酸水坛子，泡萝卜、刀豆、豆角、藕片、辣椒，子姜也是必泡的，可以生吃，亦可以切细炒菜。还有剁辣椒腌子姜，几乎家家户户都会做。

子姜性微辣，生脆，自带鲜味，好像弱冠少年，初生牛犊般的生气。怀化名菜芷江鸭、洪江血粑鸭，都用子姜炒，因为当地人觉得老姜丝多、口味太重，破坏了鸭子的口感，子姜的辣味刚刚好。

每个懂养生的湖南人夏季都会吃伏姜，它特有的姜辣素能帮助消化，促进血液循环，它的辣气能把身上多余的热带走，同时还把体内的寒气一同带出。

伏姜一般是用鲜姜切片或者榨汁后，装入容器中蒙上纱布，于伏天太阳下晾晒，故而得名。因吸伏天阳气，伏姜格外辛辣，散寒效果非常好。也可留到冬天，泡伏姜汤吃。

姜，还有其他吃法。比如零食。

老家涟源喜欢做盐姜，老姜洗净搽盐后晾晒，半湿状态放玻璃坛子收好，这就是我们平时的零食。也有的晒得干干的，不放坛子里，吃的时候只有辣和咸。过年时，家家户户桌上除了瓜子花生，就是这种浅黄色的盐姜，或湿或干，在春节的油腻里是一股清流。

这种盐姜也很好保存，小时候坐火车，大人怕我们小孩晕车，一路上让我们吃姜，这是最好的晕车药。

在湘潭和长沙一带则流行吃红姜，小时候学校门口都有卖的，几分钱一袋。这是用盐、糖、胭脂红腌制而成的，辣辣的，有点咸，比涟源黄色的盐姜多点甜，很像现在的网红，更潮流一些。

岳阳湘阴、汨罗等地盛行姜盐茶。唐人薛能《茶诗》云："盐损添常诫，姜宜著更夸。"姜洗净捣碎，和盐、茶叶、水放在壶里，置旺火上熬。滚沸后，冲入放有炒熟芝麻和青豆的茶杯里，盖好，略闷三两分钟即成。

湘潭有紫油姜，嫩姜泡在酱油里，脆脆的，一点点辛辣。这是湘潭特产，距今有两百年历史。

紫油姜原料嫩姜产地为当地西塘冲、三砂围子及云塘一带，洁白鲜嫩，肥壮丰满，折而无筋。用在白露节气前出土的形似指掌、杆断无筋、枝长瘦、荷口短的优质嫩黄姜，洗净后晾晒，不要晒太干，用湘潭出的龙牌酱油浸泡，加入麻油。过一段时间就可食用了。佐稀饭，或者做零食都可，香脆鲜嫩，有姜香而微辣，开胃增食欲。

洋姜也是一绝。

洋姜不是上述生姜，是另一种姜品种。学名叫菊芋，俗名叫鬼子姜。

洋姜淀粉含量高，新鲜洋姜炒完后绵烂索然无味，湖南人多腌制食用。

洋姜洗净晒干，切片后搓盐，放入无水无油的干净坛子里，任其自行发酵，半个月后即可食用。拌上剁椒，是拌饭、面、粉神器。

在湘潭一朋友开的餐馆吃过油渣炒洋姜。据说是该餐馆厨帅的独创。洋姜切成细细的小粒，油渣也切得细细的，炒在一起，洋姜脆脆的，油渣亦脆脆的，洋姜自带的素甜和油渣独有的荤香滋味混合一起，好吃得不得了。

姜除了辣和咸，还演绎出甜，而且甜到齁人，这也算是湖南人的别出心裁。

　　凤凰古城有姜糖。在吊脚楼环绕的青石板街边，卖姜糖的伙计用姜汁与糖相拌，当众拉出黄灿灿、晶莹的丝，在阳光下熠熠生辉，很是奇妙。这种姜糖凝固后，干干的，脆脆的，一吃嘎嘣响，非常甜，甜得发腻。

　　凤凰还有一种糖姜做法，姜完全浸泡在糖水里，再晒干，姜成了粉粉的果脯，彻底没有了姜的血性，只觉得甜，辣好像很遥远了，感觉像被招安了，又像那些捏着兰花指的旦角，乏味的零嘴，与冬瓜糖之类无异。

　　这些人多折腾啊，明明自然界有那么多不辣的食材，干吗把这些好不容易辣得过瘾的东西阉割成不辣的呢?

　　在生姜界，还是生猛一点好，食材也要不忘初心哦。

木姜子荡气回肠的爱情

早晨就着羊肉汤下一碗宽面，吃的时候，顺手放了一勺木姜子油。搅拌匀后，一口面下去，如醍醐灌顶。

仿佛在密得几乎不见天日的林间行走许久，突见的那一缕阳光，砰然打在脸上，立时有些刺疼的热辣；又仿佛饥渴之际，骤然间在山间喝到的那一捧清凉的溪水，沁人心脾；更像是无意间遇见久未谋面的暗恋对象，隐秘的欢欣在内心绽放无数细细的花朵，开心到极致却无法言说。

木姜子，它不像辣椒，是没有前戏的火爆；也不似胡椒，小打小闹的酥麻；亦不似花椒，

恶作剧般地将人一把拿下；更没有肉桂馥郁到特立独行的芳香，欲盖弥彰地掩饰着牛羊肉的腥膻。不是葱的清香、蒜的辛甘，也不只是姜的火辣，好像调味品里没有比它更诡异更复合的感觉了，又好像没有比它更纯净干脆的，只是一味地导引着味蕾向着更彻底更高亢的地方进发。

木姜子，混合着酸辣苦咸诸般滋味。因含有大量柠檬醛，却又清冽明亮，似山野精灵，从黑暗的泥泞中奋起的那一缕倔强，是温情脉脉中暗含着柳暗花明，又高调地彰显存在感。在起承转合之后，一下以完全炸裂的姿态直捣黄龙府及至灵魂深处，就像一段兜兜转转却又轰轰烈烈、荡气回肠的爱情。

木姜子是樟科木姜子属落叶小乔木，生于南方山间，多长在溪旁和山地阳坡杂木林中，高大茂盛，幼枝非常漂亮，黄绿色，顶芽圆锥形，叶互生，常聚生于枝顶，春天开花，夏天结果，小小的果子摩肩接踵，一串串挂在枝条上，是果却也衍生出花的姿容。其果含芳麻油，可食用，亦可作食用香精和化妆香精。民间还有诸多别名，如山鸡椒、山胡椒、澄茄子、野胡椒、马告等，虽说其间亦有细微区别，但大家都约定俗成地将其视同一物。湖南、贵州、云南等地多将其作为调味品，炮制出颇具当地特色的菜。

湘中湘西一带习惯食用木姜子，在这些地区的山区丘陵地带，木姜子好似吸纳了山间精气，当地人对其使用也出神入化。比如直接食用，将其洗净之后捣碎，加入火烧去皮的青辣椒、新鲜的小米辣、蒜子、酱油和其他调味料，简单一拌便成为一道独特、开胃又令人难忘的佳肴；或者捣烂了和辣椒一起炒牛肉、鸡肉，或者放入焖煮的虾中；或者用来制作泡菜，与萝卜、刀豆、辣椒等在酸水坛子里坦诚相待，泡菜味道更为丰富，木姜子本身亦因浸泡发酵而少了刺激口感，变得更加适口，且其强大的抗菌能力，能有效延长泡菜的保存时间。

因新鲜木姜子易变质腐败，晒干后大量芳香精油的挥发也会丧失很多风味，于是人们在每年木姜子成熟之季将其大量采摘后榨成油来使用，即木姜子油。喜欢的人，爱之入骨，恨不得每道菜都加之；讨厌的人，完全不能接受，当成黑暗料理避之不及。

湘中湘西很多菜都会放木姜子油，尤其是做牛羊肉时，出锅必淋上一大勺，其滋味有一种特别的蛊惑之感，似乎山野灵魂附体，亦有了强烈的辨识度。

我们家平时不吃公鸡，所有的炖炒都是母鸡，妈妈的意思是公鸡是发的，吃了容易得病，除了头伏这天，而且只能吃公鸡。

　　在湖南，头伏这天一定要吃鸡，美其名曰"伏鸡"。大家满城找好吃的伏鸡，俨然是一种欢天喜地的仪式了，而且想请某人吃饭，也会以吃伏鸡作为由头，对方亦接受得顺理成章。

　　饭桌上，大家对着一只或炖或炒的公鸡大快朵颐，其间欢声笑语段子横飞，吃到撑也笑到撑，这是公鸡带给我们最大的快乐。

　　中国人对伏的重视由来已久，《史记·秦纪六》中曰："秦德公二年（前676）初伏。"

所谓伏者，隐伏避酷暑也。古时，入伏后讲究伏闭，也叫作歇伏。从汉代起，入伏后全国放假休息。除歇伏外，民间流行"贴伏膘"，进食肉、蛋、面食，以求平安度过三伏天。

三伏分为初伏、中伏和末伏。长沙有句俚语："头伏鸡，二伏狗，三伏甲鱼红枣肚。"为何？中医有个理论"冬病夏治"，冬天易得寒病，所以三伏天吃伏鸡、伏狗可祛除寒气。而且，湖南入伏后即是"双抢"，农民将在高温湿热的恶劣环境中劳作，更需要农忙前储备能量。

头伏这天，湖南人喜欢用生姜或红枣炖鸡、炒鸡吃。生姜开胃、健胃，红枣补脾。为何吃鸡？湖南多为丘陵地带，人们认为公鸡祛湿。公鸡亦有讲究，须头冠立起来且颜色鲜艳，两斤左右，喂养了四个月的。大家认为这样的公鸡健康且肉质较嫩。"起伏吃只鸡，一年好身体。"

烹制伏鸡，除了放姜，还需添加路边荆。路边荆也叫路边姜，其实与姜没有什么关系，它既是中药材又是香料，祛风除湿、清热防暑。它亦出现在端午节，湖南人会用它和枫球等煮水喝，或者与艾叶一同泡澡。它内含桂皮醛和芳香族类化合物，香气浓郁而悠长，亦能增加鸡肉的鲜香。

　　我喜欢在厨房看大师傅炒伏鸡。真的是惊心动魄。大铁锅烧冒烟，大瓢茶油下锅，又烧到冒烟，倒入姜片爆炒出香气。再倒入切成小块的鸡肉爆炒，其间就听到铁铲与铁锅不断碰撞，听到鸡肉在铁锅上煎熬的吱吱声。炒至七成熟，再将路边荆汤汁倒入锅中一起熬炖，就见汤汁煮沸后，鸡肉在咕嘟声中此起彼伏，等到香气越来越浓郁，便起锅。整个制作过程中一直是旺火，连熬炖时都不需要文火。火力旺到大气磅礴一气呵成，大家觉得这样才是旺上加旺。

　　儿时湖南人吃伏鸡很有仪式感，须门窗紧闭，穿长袖，鞋袜齐齐，并将裤脚用绳子扎紧，不能用风扇、蒲扇之类。倒一小杯酒，慢慢食用，吃得大汗淋漓，意在发散体内寒气，防止秋发寒病。

　　湖南人对伏鸡有着很奇怪的崇拜，乡下流传着孩子长个的土方子，即在头伏、中伏、末伏这三天，让小孩吃路边荆焖公鸡，据说能长高不少。我很遗憾没有生在乡下，没有用过这个法子。

　　湘潭因为喜欢吃伏鸡，把荷塘土鸡吃成本地的"非遗"，也算是创举。每次我回老家，当地朋友就会带我去吃荷塘土鸡，其药膳土鸡、茶油柴火剁椒木耳炒鸡、茶油柴火焖鸡都非常好吃，不管是不是伏天，我都喜欢吃。在我看来，仪式不重要，家乡的味道最重要。

狂热的口味虾运动

　　窃以为湖南人对虾的贡献可以说有两大。

　　先是湘潭人齐白石，他老人家将这种乡野渺小的动物带进了中国艺术最高殿堂，成为国画顶流作品的创作对象。还有就是我们当下的长沙人，将虾变成了几乎遍及大半个中国的饕餮盛宴。这场革命对民众的影响力也许更大过国画大师。

　　长沙人热衷口味虾已至疯狂状态。最夸张的是虾迷在网上预订某网红口味虾店座位排到 7000 号。已是晚上七八点，店外坪里摆了数十张凉床，上面坐满了等待的食客，铁打的凉床，流水的食客。这种候场景象一直会持续到深夜。而室内更是人声鼎沸，七层楼无数张桌子满满当当的，就像一个大集市。

　　那一顿全是虾，色泽红亮、香辣鲜浓的虾成了唯一的女主，没有配角，好像也没有能当配角的。

此事不易而吃東坡的快樂味

平易淨

变态辣、微辣、麻辣等各种口味，全身、虾身、虾尾等各个部位，就是这两大项组合了无数道菜，既单一又富有变化。无论哪种组合，都是白鲜的虾肉从红彤彤的虾壳脱颖而出，无比嫩滑，却又异常浓郁，形成极大的反差。吃虾的过程就是味蕾一次又一次体会到极致快乐的过程，一直吃到欲罢不能。

　　口味虾采用的小龙虾为国外品种，1918 年由美国引入日本，1929 年再由日本引入中国，生长在中国南方的河湖池沼中。据说下水道等污浊地方繁衍最快，有营养专家说这种虾污染严重，身上可能带有某些细菌。但湖南人民可管不了这么多，不仅没被吓住，反而还越吃越起劲了。又因这虾善于在大堤下打洞，危害很大，吃虾的人甚至还有为民除害的慷慨之感。

　　湖南人做口味虾自有秘方。锅中油加热后，放蒜末、姜片、干辣椒、桂皮、八角、辣椒酱翻炒，出香味后接着放入小龙虾翻炒，加入料酒、高汤、蒸鱼豉油、盐接着翻炒，之后焖煮，汤汁浓稠时放入葱花、紫苏收锅。所有作料与调料的滋味通过虾壳强势渗入虾肉，柔弱的虾肉毫无抵御地浸染其中不能自拔，好像未经世事的纯情少年一下被强大的爱击倒，溃不成军，爱得天昏地暗。

　　以前总觉得虾冰冰凉凉，自有一种与世隔绝的疏离感，没料到让湖南人将之改造得如此火辣入世，仿佛高冷文艺女变身霹雳娇娃。只能佩服湘人的创意和霸气，辣得不管不顾，什么食材都能变辣为宝。

　　虾和辣椒邂逅出了口味虾，是辣椒成就了徘徊在下水道的虾，还是虾让横冲直撞的辣椒不断跨界融合开启新的人生？食材的碰撞亦像尘世间的人物关系，因缘际会，成就才子佳人的风月，亦有惺惺相惜的同道联盟，其间况味只有当事人清楚。

口味虾起源于二十世纪九十年代长沙夜晚街边啤酒摊，全天然环境，真正靠食材口味取胜。在长沙的大街小巷，随处可见吃虾的人群。当年我曾跟湖南卫视的大牌制作人专程跑到制作口味虾最有名的火星镇吃，一大盆，边吃边喝边聊，特别痛快。那几年夏天，几乎所有的聚会都是口味虾，为了止辣降火，配啤酒，或者冰镇的新鲜荔枝，一定比韩剧的炸鸡配啤酒更登对。

后来口味虾风靡全省，上过湖南卫视的《快乐大本营》。据说明星们来湖南卫视做节目也爱上了口味虾，好吃的明星又将其带到北京等地，簋街最火爆的麻辣小龙虾，其实就是口味虾。

这虾早已不复齐白石笔下的隽永雅致了，世俗霸气，而且毫不掩饰其草根性，已成为长沙市井文化的一部分。长沙举办过多届口味虾节，每次热闹无比，各个网红店都摆摊揽客，一个节能消化三千公斤口味虾。

长沙人为什么持续二十多年喜欢吃口味虾？除了味道特别契合当地人重辣、重盐的口味，窃以为是因为吃口味虾某种程度是一种行为艺术，更契合长沙人骨子里的市井气息，爱热闹，爱扎堆，爱面子，爱玩，喜欢夜生活，不夜不归。试想还有哪种食物能激发长沙人的欲望和激情呢？唯有口味虾！

只有这么热烈鲜艳充满喜感的食物，才能与热情奔放又闲适的长沙人气质吻合。而且吃虾的过程类似于庖丁解牛，长沙人吃口味虾习惯戴着手套，不怕油腻和辛辣，更肆意地在大盆中抓着红艳艳的虾，撕扯着，咀嚼着，动作夸张，表情狰狞，不管是绅士还是淑女，全统一动作。有循序渐进的仪式感，又有辣得出汗的痛快淋漓，更有挥斥方遒的冲天豪气。

试想，一到夜幕降临，大家呼朋引伴去觅食医肚，齐齐坐到餐桌前，等待欲望中的虾隆重登场，这是多么快活的期待啊！后面每一种感受都与期待不谋而合，这是多么容易满足的幸福感啊！

世事不易，而吃口味虾的快乐这么唾手可得，成为全民运动也就顺理成章，其意义重大等同广场舞。

大学时代，最爱的一件事便是和室友坐在湘江边，一边吹着晚风看着风景，一边吃着嗍螺喝着啤酒。

　　嗍螺是田螺。称田螺为嗍螺，其实是动词名词化，湖南话嗍即是吸的意思。把吃田螺的动作演绎成田螺的另一个名称，也算是湖南人的幽默。

　　吃的程序非常有趣，一般会借助一根牙签，把螺壳内的肉挑出来，螺肉只一丁点，不盈一口，鲜香嫩脆，好像是吸附了天地之气的小妖，妖魅无比，令人欲罢不能。

　　螺肉虽没啥体积感，却是弯弯绕绕的。老

电影《刘三姐》里有对它的形容："好笑田螺出了壳，好笑田螺露了尾，你的弯弯人晓得。"这充分显示螺蛳粉发祥地对田螺本质的理解，亦充分体现逼仄环境下生物与空间斡旋的智慧。也正因其细细长长弯弯绕绕，更让人抓取到口感的趣味。

肉吃完了，精华还有，那就是汤汁。螺口里还有韵味无穷的汤汁，小心吸吮，仿佛这样才真正感受到那个妖媚小妖的灵魂。

就这样，我们一口气可以吃一大盆。所有嗍螺吃完了，仍不丢休，还得在汤里打捞一些残渣，继续过瘾。

螺蛳壳里做道场，那是形容上海人做事的精细。这种精神用到湖南人对待田螺上，也是恰当的。

嘣螺制法较为麻烦，选大小均匀之田螺或石螺置于清水盆中，滴茶油少许，使之吐出杂质污物。两三天后，用冷水洗净，将瘦猪肉泥掺水拌匀，倒入盆中，使螺饱食，再钳去螺尾，加盐少许反复搓洗干净，置炒锅内旺火翻炒。待水分稍干，加茶油再炒，至香味四溢，螺口掩皮脱落，再加盐和酒复炒。起锅后，与生姜、辣椒、酱油、葱蒜、味精等作料一道入大骨清汤锅中盖煮。这是最浓郁的湖南味，鲜香辣咸，没有人能抵抗它的魅力。

在湖南，嘣螺多是以小吃形态出现在各种夜宵摊上。街头巷尾，露天，摊主支一张大棚，摆几套桌椅，这便是嘣螺的场景。湖南夜晚的烟火气甚至风花雪月，一半是嘣螺的功劳。

我们学校背靠岳麓山，湘江从校外经过，因此，很多小贩便在沿江堤上摆开了摊。一溜五颜六色的塑料桌椅，便是那个年代的夜间风情。

嘣螺，某种程度上象征了我们的大学课余生活。

十八九岁，刚从高考高压下解放出来进入自由自在的状态，又学的是汉语言文学专业，个个自比诗人。喝个小酒，挥洒一下，自是中文系学生标配。春有花冬有雪，人生几何，唯有嘣螺。

嘣螺，它太粗鄙，不是正经的主菜，也不能上席，正因其不能登大雅之堂，而和我们清贫的学生生活暗自匹配。但它充满野趣，比绝大多数菜式充满活力，富含浪漫，又和我们年轻自由、生机勃勃的气质极其吻合。

于是，在春风沉醉的夜晚，或是暑气渐散的仲夏夜，在夜色朦胧的湘江边，我们这群中文系女生就着一盘嗍螺，喝着啤酒，说着永远说不完的心事。

后来我们又和友好寝室的男同学们一起吃嗍螺，青春荷尔蒙飘荡着，有的还吃出了恋爱的滋味。再后来，不管是恋爱还是友好寝室，都散了，还是永远的闺蜜一起吃螺。

因为嗍螺，我们学会了喝酒，喜欢上微醺的感觉，甚至有了醉的经历。

有一次，陪着失恋室友吃嗍螺喝闷酒，愁人喝愁酒，嗍螺来不及吃完，忽然就醉了，两个人分别横卧在两条塑料凳子上胡言乱语。等到其他室友闻讯寻来时，我们已是半梦半醒，我还对着扶我的同学说："你们看我像史湘云醉卧花丛吗？"这至今仍是大家的笑料。

就像现在是炸鸡配啤酒，我们那时不知道炸鸡，觉得啤酒最好的伴侣是嗍螺，就像认定初恋就是爱情，因为没有更多选择，而无比纯净单一。某种意义上，嗍螺就像我们的初恋。一点点小浪漫，一点点不切实际，就像夏日晚间吹过的风，来无影去无踪。

有的菜，真的是给我们提供快乐的。

比如小炒猪脚皮。

只要在湘菜馆的菜单上看到猪脚皮，我基本上都会眼冒绿光，控制不住："老板，来份猪脚皮！"

真的，压抑不住的欲望。

猪脚皮就是我深藏的欲望，好像是我快乐的源泉。

就像中学时代，考完试，必定到租书铺子租几本书，或者金庸或者亦舒，对，就是通俗小说，看个通宵，那种简单的快乐，发自心底的喜悦，从每个毛细血管里荡漾出来。

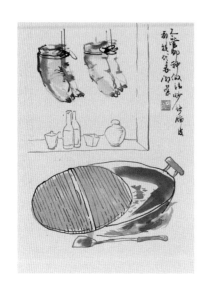

　　某次，和一群天津朋友在老乡开的海鲜馆吃饭。天津朋友说，既然是湖南人开的，也点两个湘菜吧，于是我点了小炒猪脚皮。

　　大家纷纷赞叹，原来猪脚皮也可以单独做菜，而且如此好吃，最后，猪脚皮全吃完，那些海鲜倒还剩了不少。

　　那一晚，大家就着猪脚皮，喝着酒，聊着往事，开心得不得了。

　　喜欢猪脚皮的人，不分南北啊。

　　我很喜欢吃猪脚皮，不只是因为迷信这些动物皮能补胶原蛋白，有美容养颜作用；更因为，真的很好吃。

　　如果说猪脚是美食，猪脚皮就是美食中的战斗机。肥而不腻，味浓适口，又香又辣，以最浓烈的口味冲击你的味蕾，以爽弹筋道的口感撩拨着你的唇齿舌尖，让你欲罢不能，完全停不下筷子。

一般拿猪皮做食材的多，比如东北人喜欢做猪皮冻，广东人拿猪皮炖汤。

猪脚皮和猪皮还是有区别的。

猪皮仿佛是平原，一览无余，组织结构和味道亦是平淡无奇。但，猪脚皮仿佛是丘陵，地形地貌复杂，因组织结构不同而导致口感、味道亦变化多端，有嚼劲，有想象空间。

取猪脚皮也有讲究。

锅内装入清水、香料、猪蹄，大火煮开。炖至猪蹄能戳动的时候关火取出晾凉。将猪脚皮从猪蹄上取下来，剔除皮下面厚厚的脂肪层，顺着纹理，将猪脚皮切成丝，这样炒出来又薄又透，还易熟。

也许是因为猪脚皮这种食材本身就是重口味，湖南人对付猪脚皮手段也比较生猛，或炒或煨或蒸或干锅，而且一定是与大量辣椒为伍。

小炒猪脚皮，老干妈炒猪脚皮，干辣椒炒猪脚皮，酱辣椒蒸猪脚皮，等等，全都离不了辣椒。

先说小炒猪脚皮。

热油爆香姜蒜末和洋葱。下入猪脚皮同炒，淋入料酒，加入少许生抽，放入红辣椒，起锅前加盐撒上香葱即可。

还有香辣猪脚皮。

铁锅倒入茶油，烧至七成热时入生红辣椒小火炒熟出锅备用。切好的猪脚皮用米酒、盐、味精、姜汁酒腌。锅入茶油，烧至八成热时入猪脚皮、姜片，大火爆炒至猪脚皮打卷，加入炒好的红辣椒、木耳丝、大蒜丝、酱油小火翻炒均匀后快速出锅，淋上一勺生茶油即可。猪脚皮香脆，香辣回味。

酱椒猪脚皮味道特别。

酱椒、小米椒剁碎，加入盐、豆豉，用热油烧制酱椒汁浸泡，然后放入鸡粉、蚝油冷却；把冷却的酱椒汁盖在猪脚皮上，撒上切好的鲜红尖椒颗粒，入笼蒸至猪肉皮酥烂，撒上葱花即可。酱椒汁味道更易渗入猪脚皮，而猪脚皮本身富含胶原蛋白，嫩滑多汁，更显得味美汁鲜。

衡东小炒猪脚皮也是一绝。

猪脚皮下茶油爆炒，放黄贡椒、芹菜梗翻炒，出锅还要加一勺茶油，即大功告成。

干锅猪脚皮更为猛烈。

锅中放入干锅油，下入青红椒片及蒜子炒，再倒入猪脚皮，下调料调好味，加入黄酒微焖翻炒。在黄酒和干锅小火的助攻下，辣椒无限渗入猪脚皮，这样的猪脚皮辣你没商量，一不小心就是变态辣，真的是非诚勿扰，吃不了辣，兜着走。

不管哪种做法，猪脚皮都是最能代表湘菜的，够辣够咸够香够猛烈够过瘾。有一种肆无忌惮的张扬，尤其是一口猪脚皮一口白酒，更是快意人生。

但是，且慢。

这样的快乐是有时效的。

就像小时候通宵读小说（我妈批评说这是耍书）是偶有为之，绝大多数时间，我还得看正书（也是妈妈语录）。

猪脚皮，也是偶尔食之。

猪皮中含有丰富的胆固醇，如果吃的猪皮过多，就容易导致胆固醇超标，引起高脂血症，增加患动脉粥样硬化的概率，也容易使热量超标，增加肥胖、高血压的风险。所以，一般都将其归为不健康食品。

我们这些天天嘴边挂着减肥的人，一边觉得猪脚皮非常好吃，一边又难免有些罪恶感，好像在糟蹋自己的身体，好像在放纵自己的人生。

我们的味蕾好像在出轨，撒着欢。

自律的人生才是成功的人生，有意义的快乐才是幸福。这是教科书给我们的理智。

于是，在吃完猪脚皮的第二天甚至第三天，我会只吃青菜，好像是为自己味蕾的出轨赎罪，让自己回到正确的轨道。

尴尬的茄子

茄子，真是个尴尬的存在，尤其是紫茄子。

紫树开紫花，紫花结紫瓜，说的便是茄子。南朝沈约有《行园》描写茄子："紫茄纷烂熳，绿芋郁参差。"清初朱彝尊《临江仙》词也把茄子纳入笔下："陇上紫瓜好，黛痕浓抹，露实低悬。"

紫色一直是高贵的象征，紫色茄子一出生就自带高级感，外皮紫得深邃而油亮。与一般植物不同，因富含脂肪和碳水化合物等，茄子质地极其饱满，圆茄子喜庆富贵，长茄子玉树临风。

茄子古时还有个诗意名字曰落苏，现在已

失传，可见其还是有一个高贵的前世。

可是，在茄子的使用过程中，却草根到极致。

唯一繁复的一次，或许是在《红楼梦》。

刘姥姥第二次进大观园时，贾母让凤姐夹茄鲞给刘姥姥吃，刘姥姥大呼好吃。凤姐仔细讲解其做法："才下来的茄子把皮刏了，只要净肉，切成碎钉子，用鸡油炸了，再用鸡脯子肉并香菌、新笋、蘑菇、五香腐干、各色干果子，俱切成丁子，用鸡汤煨干，将麻油一收，外加糟油一拌，盛在瓷罐子里封严，要吃时拿出来，用炒的鸡爪一拌就是。"刘姥姥听了，摇头吐舌说道："我的佛祖！倒得十来只鸡来配他，怪道这个味儿！"

以这么多食材为其作配、这么复杂的工艺来烹制，随便什么蔬菜都会好吃，算不得茄子的功劳。但据说，这个所谓茄鲞，亦是凤姐随口编的，哄刘姥姥的，拿茄子开了个玩笑。

书归书。在湖南，普通老百姓对待茄子可没这么优待，弄不了这么多程序也整不了这么多食材给它作配。茄子就像虎落平阳，只得入乡随俗。当然，平民亦有自己的饮食之道。

茄子内部白色果肉微甜，为海绵状，成了最好的入味食材。圆形茄子的果肉比较致密，海绵组织细胞排列紧密，间隙小，含水量少，适合炒和煎；长茄子则果肉细胞排列较疏松，含水分多，较柔嫩，适合油煎和清蒸。

先说凉拌。最著名的是擂茄子，蒸熟的茄子放擂钵里，拿擂棒擂成抽丝状态即可，这时茄子温柔得就像《霸王别姬》里蒋雯丽那软塌塌的肩。当然，最好有青辣椒一起擂，绵软中有辣，味道更丰富，温柔中也有一分侠气。

热菜就方式多样了，基本上除了炖，湘菜各种手法都用在了茄子身上。

平常一点的做法是煎茄子。煎是湘菜里常用的，慢火和旺火结合。茄子带皮斜切成大片，猪油烧热，茄片下锅煎至两面金黄色，再放蒜泥、老抽、黄醋等翻炒，出锅淋少许麻油即可。

复杂一点的是茄子煲。茄子要经历多重油与火的考验，切成长条后，先用水浸泡，再上锅蒸，熟后又裹上水淀粉下油锅炸，这还没完，还得下砂锅里，放油后与辣酱、姜丝、肉泥、香菇碎等一起翻炒，最后再放高汤转小火煲。几乎经过九九八十一难，这茄子煲才大功告成，费了这么多周折，自然味道不会差。

平常人不会这么费神，偷懒一点，剁辣椒粉丝蒸茄子，或蒜泥蒸茄子，或青椒蒸茄子，简单易行。没费什么劲，自然蒸出来的味道也只是行活而已。

创新一点的有咸蛋黄焗茄子。既保持茄子松软质地，亦有咸蛋黄独特的浓郁香味，口感及味道都更为丰富。或者茄子炒豆角，搭档上玩个花样。

奢侈一点的有红烧茄子，走大油后，再焖煮，出锅时茄子似乎浸卧在油里，油汪汪的，有极其饱满软糯的植物脂肪感，比东坡肉更好吃，连相伴的青椒都因为油腻而褪去了辛辣，只剩下丝丝的清甜。但是，油脂太高，只能浅尝辄止。

还有茄子皮，新鲜茄子切片搽盐晒干，当小零食，或者放坛子里保存，吃时拿出来炒肉，比萝卜干炒肉更有风味。

我最喜欢的是青椒炒茄子，除了青辣椒和蒜，没有任何其他食材，连姜、葱、剁椒都不需要。色泽光亮鲜艳，味道咸鲜，有浓郁的糟香，略带回甜。最最朴素，也是最最贴心贴肺的。

我想，也许这才是茄子最需要的，尊重它，保持它的特质、本真，给最适合它的伴侣——青椒，给它最合适的呵护——一点蒜一点油一点盐，让它质本洁来还洁去。这个时候，才不要做什么茄鲞，那么多配料那么多花式，谁稀罕呢？弄得一点茄子味都没有了。就像人潮汹涌中，与各式过客交会，被横流物欲异化成卡夫卡式人物，午夜梦回都不知自己姓甚名谁，这才真是人生悲哀。

在饮食外，茄子还有别的功效。

照合影时，大家会一起喊茄子，一起嘴角上翘，一张张充满阳光笑意的照片就拍出来了。哈哈，茄子！

那些和苦瓜一样苦的苦

　　湖南人嗜辣，其实也爱自讨苦吃。比如喜欢吃苦瓜。

　　小时候苦瓜是家里夏天常做的菜。妈妈说苦瓜消热解暑，所以得多吃。小时候觉得苦瓜苦，很多孩子不愿意吃，长大后觉得苦瓜不苦反而没味道不正宗，吃到苦的苦瓜倒是欢欣得很。

　　湖南人惯常的做法是青椒炒苦瓜，加蒜子豆豉，干干爽爽的，辣中带着苦，很有点"雄关漫道真如铁"的意味。

　　现在很多湘菜馆在这道菜中又加了紫苏，味道更丰富，有点苦尽甘来的滋味。

　　苦瓜酿肉算是苦瓜的高级版，苦瓜的苦涩

与肉泥的妩媚相辅相成，将苦带进一个新境界。

湖南人貌似特别中意苦瓜，除了菜，还做成零食。上小学时，总会拿着零花钱去校门口买苦瓜皮吃，苦瓜抹盐晒干放紫苏红辣椒末，又苦又辣又清香，特别好吃。

湖南人吃苦味之渊源可追溯到先秦。《楚辞·招魂》中有"大苦咸酸，辛甘行些"的诗句。这里的"大苦"，据说就是豆豉。这种由豆类加工而成的调味品，已有2000多年的历史了。至今湖南多地都有爱吃豆豉的习惯，如"浏阳豆豉"，成了湘中一带佐菜神器。

湘俗嗜苦不仅有其历史渊源，亦有其地方特点。湖南地处亚热带，暑热时间较长。传统医学解释暑的含义是：天气主热，地气主湿，湿热交蒸谓之暑；人在气交之中，感而为病，则为暑病。而"苦能泻火""苦能燥湿""苦能健胃"。所以人们适当地吃些带苦味的食物，有助于清热、除湿、和胃，于卫生保健大有益处。

除了苦瓜，湖南人还会到处找"苦"吃，比如蕨菜。

《诗经》说"陟彼南山，言采其蕨"。每到春天，湖南人便喜欢上山采蕨菜。城里的没有机会上山采，每到这个时候就会去菜市场买。蕨菜制作方法简单，水焯一下，加调料凉拌，或是炒腊肉，都是极好的。

与此类似的是春笋，一点点苦涩，又有抑制不住的清鲜，以及春天田野的气息，湖南人视若珍宝。湘西山多，盛产春笋，当地人称之为鸡婆笋，非常亲昵的称呼，看得出湘西人的独宠。他们喜欢用之炒肉，中和青涩，独享那一份轻轻的苦中挥洒出的清香；又或者加酸菜炒，苦涩中有了酸菜特有的咸酸，是下饭良友。

苦苦的芥菜也是湖南人的最爱。对于很多地方都吃的芥菜，湖南人也会充分利用，用开水烫一下，晾晒干后，切碎加盐和辣椒粉，塞进玻璃瓶里慢慢发酵，几天后素炒或炒肉吃，清香中有一点酸一点辣一点苦，拌稀饭，美味可口。

莴笋叶和萝卜叶子，有一点苦，很多地方会当成没用的菜叶扔掉，湖南人却视若珍宝，用蒜子清炒，都是可以上得台面的青菜。很多人就爱这份从菜叶中散发出的苦涩，仿佛感受到生活别样的气韵。

湘潭花石盛产莲子，我们从小就吃莲子炖肉，而莲子心也是我们的心头好。莲子心，是莲实中的胚芽，味微苦，性清凉，可药用。唐李群玉《寄人》诗："寄语双莲子，须知用意深。莫嫌一点苦，便拟弃莲心。"喝一杯莲子心泡的水，看小小的绿芽在水中轻轻飘荡，有一种尘埃落定苦尽甘来岁月静好的天长地久。

甲鱼在湘菜王国是什么地位呢？

仙界的玉皇大帝，胭脂榜的杨贵妃。

如果在湘菜馆请客，想要排场，又不能点海鲜，那必须有甲鱼。

甲鱼就是绝对镇场子的硬菜。

甲鱼像龟，但背甲没有乌龟般的条纹，比龟的软。颜色墨绿，外形呈椭圆形，比龟更扁平，背腹甲上生着柔软的外膜，周围是细腻的裙边。

甲鱼的肉具有鸡、鹿、牛、羊、猪等五种肉的美味，故有"美食五味肉"的美称。目前尚未发现甲鱼有任何致癌因素，它也因此身价大增。

　　唐代孟诜曾曰："妇人漏下五色，羸瘦，宜常食之。"《随息居饮食谱》亦有对甲鱼描述："滋肝肾之阴，清虚劳之热。宜蒸煮食之。"

　　湖南人坚信，甲鱼是大补食材，很多年以前，马家军靠中华鳖跑出好成绩，现在的湖南人亦能靠甲鱼吃出好身体，于是出现了大量人工饲养甲鱼，餐馆甲鱼也大行其道。

　　"鲤鱼吃肉，王八喝汤"，王八即甲鱼，营养全面，做汤更利于吸收，故甲鱼的一般吃法是做汤。

　　甲鱼必须是整只炖，而且多半是清炖，全须全尾地上场，有特意为它打造的锅，让它庄重地躺在汤里。就像演员演出必须有舞台一样，甲鱼也是自带移动舞台，而且舞台是热气腾腾，甚至仙气飘飘。

在餐桌上，甲鱼比所有的菜高出几个档位，一定是位于餐桌中央，旁边一堆菜为它作配。即使在转盘桌上，它也绝大部分时间位于主宾眼前。

甲鱼是绝对的男一号。

甲鱼的烹制非常讲究。我一个天津的朋友，当年开的餐馆用清炖甲鱼作招牌菜，而且就一个大厨做得最好，我们为一饱口福，驱车一小时去这个大厨驻场的空港分店吃饭。

这个大厨做事比较讲究，杀甲鱼都比别人认真，先用开水烫，再细细处理甲鱼身上的绿绒毛。说是清炖，但绝不是扔水里了事。有绝活，把甲鱼血抹遍清洗干净的甲鱼壳上，用猪板油炼出的油爆炒，炖的时候放海南白胡椒。这样炖出的甲鱼，汤汁奶白，肉质鲜嫩，尤其是裙边柔韧筋道，口感极好，又含有满满的胶原蛋白和丰富的氨基酸等，养颜又养生。

这样的甲鱼，谁不爱呢。

甲鱼就这样雄霸湖南人的餐桌很多年。

有时为了菜式丰富，我们请客时也会在甲鱼之外再搞一个男二号，比如腊猪脚炖莴笋。

腊猪脚经过长时间的腌制和熏制，比新鲜猪脚更有嚼劲，而且有腊制品特有的香味。块状莴笋用斜切法，莴笋几面充分融入腊猪脚的沉香，而猪脚亦染了几分清甜，颇有点老树发新芽的混搭感。

食客常年被甲鱼统治味蕾，冷不丁吃到腊猪脚这样乡野气息的，会觉得特别新鲜，即使甲鱼貌似更为高贵，真实的味蕾还是会被带向廉价的美食。

又或者，为了让餐桌口味更丰富，也会点一些酸包菜炒红薯粉、紫苏炒田螺等口味小众的菜，有时它们会抢走甲鱼的部分风头。

在食客味蕾变化多端的世界里，没有什么是一成不变的。

即使是甲鱼，也未必拥有铁打的江山。没有谁长时间为过气的概念或夸张的名号买单。如果要持续维持真实味蕾世界的王者地位，甲鱼只能以用户思维，更大限度地顾念大家的味蕾，与时俱进。

甲鱼不再在神坛上正襟危坐，不再一味追求养生，也追求形象多变，红烧甲鱼、黄焖甲鱼、红煨甲鱼比比皆是。

爆炒好的甲鱼，加秘制配方红煨。小火慢煨之下充满胶质感的裙边裹上满满的汤汁，口感软糯，肉嫩味香，入口即化，适合口味重的饕餮之徒。

甚至，放下身段走亲民的小炒路线，在普通的餐馆里，它被切成小小的块，先在油锅爆炒，然后再用辣椒或蒜苗等快炒，有了邻家阿哥的感觉，不再是霸道总裁。当然，价位也很亲民。

或者以山茶油、五花肉炒甲鱼。山茶籽油去腥提鲜，五花肉与甲鱼相互融合，香味更浓。软糯又筋道的裙边是吃货的最爱，香气四溢的五花肉亦是下饭神器，满满的胶原蛋白黏糯嫩滑，拌饭或拌面都是一绝。

有时还得追求野趣，用荷叶蒸甲鱼，比浓郁口感的甲鱼更清新爽口，让食客耳目一新。

甲鱼不再一枝独秀，尝试与其他食材联盟。

甲鱼蒸猪排，湖南人的"山珍河味"。

甲鱼炖羊肉，鲜美至极。

甲鱼炖鸡，大补，据说是法力无边。

腊甲鱼炖腊排骨。甲鱼不但炖腊排骨，而且把自己也腊了。

甲鱼甚至还把自己拆散了发包，集中最优势资源主攻刁嘴食客，比如专门有一道青椒炒裙边，简直可以横扫一切小炒类的菜，美食五味肉呢，实力总是在的。

只要想改变，一切皆有可能。

哪怕是甲鱼呢。

（本文中甲鱼为人工饲养，非野生）

在怀化土菜馆里吃到一道又家常又特别的菜，青椒点扁豆。

本地扁豆、本地辣椒，炒完再水煮，其间放了西红柿调鲜，扁豆软软的，辣椒也软软的，没有一点进攻性，亦无棱角的支棱，全是慈眉善目的温和，又因为有西红柿隐约的鲜酸，温和中还有些清新，并不是一塌糊涂地糜烂，吃起来极其舒坦，贴心又爽口。一桌的荤菜，都做得很好吃，但我依然忍不住一直吃扁豆，好像可以吃到地老天荒似的。

桌上还有水煮豆角，还有煮得软软的南瓜藤，都放了一点点西红柿调鲜，绿绿的葱茏中，

若隐若现的几抹红，竟有些水粉画的意境，花好月圆的既视感，心底氤氲出几分柔情。

扁豆、豆角、南瓜藤，这些菜在长株潭地区都很常见，但基本都是炒，用辣椒爆炒，或者清炒，豆角也有水煮的，但除了水，只有盐，没有放西红柿提鲜的，这或许是怀化菜的特点。

怀化因与贵州接壤，与本地侗、苗、土、瑶等少数民族食俗相融合，很多做菜逻辑与贵州更接近，注重鲜酸辣，菜里有一种山区特有的清冽，怎么吃也不腻。

贵州喜欢吃酸，当地人是三天不吃酸，走路打窜窜，很多菜鲜酸，野趣天成，调味品也是土法，比如木姜子、薄荷等，调酸多用西红柿，酸汤基本上都用自家腌制的西红柿来确定酸汤的基本味型。怀化菜也有这趋势。很多菜或小吃都会放点西红柿或木姜子调味。比如米豆腐，在酸菜、葱花之外，也会加西红柿，在酸辣中更有了鲜的感觉。有时焖煮的羊肉里也会加一堆小小的西红柿，配色立时温馨起来，味道也在霸气之余有了几分旖旎。

于菜味而言，多添一种食材，多一种滋味。加西红柿，不像加辣椒，可以辣得撕心裂肺；也不像放姜，辛辣得荡气回肠；也不像木姜子，奇特得特立独行。西红柿即使是酸，也不会柔肠寸断，就像滚滚红尘中的邂逅，只留下隐约的耳语，跟随彼此的传说。

但就是因为这西红柿，扁豆成了很特别的扁豆，豆角成了很特别的豆角，连粗糙的南瓜藤都有了极其温柔的气质。就像 束散步时随意采的雏菊，记事本上信手画的小鸟，点点触手可及的小小的快乐。

我有时很惊讶怀化人对食材的处理。山区人，又多是少数民族，性情应是彪悍豪爽，大碗喝酒大块吃肉大口吃辣，血粑鸭芷江鸭土匪鸭等更衬气质；有时却又侠骨柔情，炮制了一堆温柔的菜肴，加西红柿的素菜、脆脆的泡渣、甜甜的蒿子粑粑等。人和事物的 AB 面才让世界纷繁复杂。

而食材的缘分更是奇妙，相遇是偶然还是必然？是一时兴起，还是长相厮守？是浅尝辄止，还是难分难舍？是一心一意，还是来者不拒？

不管怎么样，只要在一起时碰撞出了化学反应，创造了可口的味道，就是好的，哪怕是一笑而过，那也是惊艳。

　　就像当下我们享受扁豆和西红柿的邂逅，高兴就好。谁知道哪天扁豆又碰上谁。

彪悍的蔬菜

　　一个江浙朋友食素，第一次来湖南，我给他点了一堆蔬菜：手撕包菜、剁椒芽白、炝炒莴笋片、砂锅山药，林林总总。他吓了一跳：你们湖南人好彪悍啊，吃蔬菜都如此生猛。

　　那确实，一个包菜，别地儿都是好好地用刀切，这里竟是喊里咔嚓漫不经心地用手撕，虽不至于有"手撕鬼子"之刚烈，但也够泼辣干脆的。

　　湖南人炒蔬菜，讲究颜色，不能炒烂，新鲜明亮的绿色，即使到油锅里滚了一回，出来后，仍青是青，白是白，还和入锅前的状态差不多，吃在嘴里，咔哧咔哧，但确实熟了。一如湘女的性格，嘎巴脆。这也很考验厨师的技艺。

　　湖南人炒菜都放辣椒，青菜亦不能幸免。手撕包菜出锅前必放一勺剁椒，让这种手撕的仪式又升华一步，就像丹青

抹上朱砂；剁椒芽白更是多多地放剁椒，雪白的芽白立时像血染的风采，有着鲜艳欲滴的感觉。

萝卜菜、青菜、芥菜等，本是清清爽爽的，风轻云淡，常人都是清炒，但湘中地区的人习惯用水烫一下，切碎后再和干红辣椒一起滚一次油锅，似乎不这样不能满足他们那嗜辣的味蕾。

清炒茼蒿，字面上看不到辣椒，但湖南人惯用的手法是，油烧至冒烟，扔进一把干辣椒，快速翻炒出香辣味，这种铺垫做完，主角茼蒿才登堂入锅，趁着油锅的辣味，与干辣椒亲密相会。这种炝炒手法几乎遍及所有蔬菜，如小白菜、油菜等等。

炝炒莴笋片更是炝炒系列的战斗机，靠着这种干辣椒的炝炒方式，莴笋片炒成一道极其可口的下饭菜，虽无肉，其咸辣油牢程度与荤菜无异。

偶尔也有漏网的，比如空心菜，叶子是同蒜子清炒，名曰蒜泥空心菜。本已绕过辣椒，没料更高潮的在空心菜梗上，将梗子切细，放切碎的蒜子、青椒，还有浏阳豆豉，一起在锅里爆炒，清辣过瘾，是夏日极好的下饭菜。

夏日常做的还有红烧冬瓜，冬瓜切成大方块，打花刀，在油锅里煎，直至焦黄变软，放切碎的红色小米椒炒几下，再加少许水焖一会，加酱油、葱花出锅。非常费时，但品相、味道都很惊艳，又粉又辣，连汤汁都可下两碗饭。在饥荒年代，我舅舅结婚，就以此替代红烧肉，可见其作为素菜的崇高地位。

砂锅虽不算湖南人独创，但湖南人把砂锅也用到极致，常德专门有砂锅系列，有荤的，更有素的，如砂锅萝卜、砂锅山药等等，因为这种独特的煨煮方式，清淡的萝卜或山药悉数吸纳了油盐辣椒，气质也变得浓墨重彩，也算是时势造英雄。如果说砂锅算是大熔炉，这也符合常人说的湖南是乱世出枭雄。

另外还有一样器具也让蔬菜变得生猛，即擂钵，茄子、辣椒，因了擂钵，丝丝入扣地辣。

当然更彪悍的当数油淋辣椒、虎皮尖椒。别的地方辣椒是作料，湖南是正经一道菜。青椒在火上爆出裂皮，再走油锅爆，出锅前加豆豉炒，最后淋酱油装盘，绿油油的，端的是生猛至极。

与此类似的还有烧辣椒皮蛋，辣椒绿油油，皮蛋黑幽幽，辣得惊心动魄，又悠长绵远。

火爆的鱼子火锅

　　鱼子是个奇怪的东西。

　　在我们这个鱼米之乡，鲤鱼很多，鲤鱼子也很多，但是小时候妈妈不让我们吃，说是吃了不会数数，不会看秤，还会发病，好像所有的妈妈都会这么说。所以我们那里的鲤鱼子基本不值钱，甚至连鲤鱼也受到排斥。

　　长大后开始吃海鲜，发现鱼子酱还比较珍贵，是食用鱼类的精华，富含多种人体所需的营养成分，尤其是氨基酸含量高，小孩多吃有益大脑发育，和我们小时候得到的信息完全不一样。而且，鱼子无论是煎、炒、炸都香酥可口。

　　可见同样功能的东西长在不同地方的同一物种身上，身价就完全不一样。

　　不知从哪一天开始，鱼子开始端上我们的餐桌。

剁椒鱼头的主要
原料是鲢鱼头
剁椒

咸
一道湖南名菜

鲢鱼草鱼
都可以郭
先去黑膜
以名郭

除了鱼子煮鱼头，更多的是鲤鱼子煮鱼泡，搁在火锅里，烩成一锅，算是价值最大化。鱼泡，又称鱼鳔，鱼靠它在水中浮沉自如，并富含人体所需的胶原蛋白。成为菜后，鱼泡贡献了难得的口感。

鱼子经简单清洗，入油锅和辣椒爆炒，鱼子呈金黄色即可。鱼泡专选皮厚的上品，处理后置于火锅中，金黄的鱼子和粉白的鱼泡，半沉半浮于醇香的辣椒熬就的红汤之中，就算有厌食症的人也会垂涎三尺。鱼子入口即散，鱼的精华充斥心头；鱼泡口感爽滑，嚼时因皮厚而韧性十足。

鱼子味道极为浓烈，即使所有鱼子吃掉，再下其他菜，锅中仍有浓厚的鱼子气息存在。

所有的鱼子火锅几乎无一例外：辣，而且一定不是微辣，而是很辣，甚至特别辣。对于吃辣能力不那么强的人，吃的时候，痛并快乐着。

总想不明白，鱼子本是温良敦厚的，与世无争，干吗给它附加这么火爆的形象呢？在红汤里泡着，每一个细胞都洋溢着辣椒的精髓。是因为它从前太过受人轻视，所以今天才忙不迭地做小伏低出尽百宝来迎合食客。就像达坂城的姑娘，如影相随的鱼泡、鱼肠，尽数付出。您喜欢辣是吧？那我就全身心置于辣中，辣死自己成全您的味蕾！到底是心甘情愿的迎合，还是带点恶作剧的反转？

我一边大快朵颐地享受着鱼子和辣椒结合的快感，一边怀念童年那个会让我们失去数数能力的鱼子。从前的冷落，今日的火爆，哪个才是鱼子最好的归宿？

鱼嫩子炼成记

　　湘潭一老乡送我一包他太太亲手做的干鱼嫩子，金灿灿香喷喷的，品相极好。周末我用青椒姜丝蒜子炒了，在北方立时营造出少年时代湘潭的饭桌感觉，连三岁的小外甥女都吃得不亦乐乎，小手捏着小鱼用小牙齿一点点撕咬，一口气吃了七八条。

　　干鱼嫩子又叫火焙鱼，是湖南人最喜欢的食材之一，因当年毛主席非常喜欢吃，这本很乡野的菜，就变成不同等级的湘菜馆的必备菜。

　　托尔斯泰曾说："在清水里泡三次，在血水里浴三次，在碱水里煮三次，我们就会纯净得不能再纯净了。"而鱼嫩子演变成金灿灿的

火焙鱼，其过程也接近这种人生洗礼。

做火焙鱼的原材料得讲究，否则焙出来就会发苦。它必须是江河塘库里野生的小小的肉嫩子鱼，有的叫"麻嫩"，有的号"红须"，都有其共同特点：寸把长，指尖粗，肉多刺少，肠肚不苦，永远也长不大，永远也捕不尽。

小时候，我跟着院子里的哥哥姐姐们去附近的河里捕鱼。一块方桌大小的白色蚊帐布，用两根竹条弯成十字架将布的四角绑住，安一根长绳子吊索，便做成了一个四方形的鱼罾。鱼罾里面撒上些白米饭和糠饼作诱饵，再搁上一块卵石作沉坨，用竹竿挑着，颤悠悠地沉到水里去。过不了多久，河里的肉嫩子鱼见到白花花、香喷喷的饵食，便会抢着进来吃食。每隔一段时间，用竹竿将鱼罾缓缓地挑上来，一出水面，水点直滴的鱼罾里总会有十几只肉嫩子鱼活蹦乱跳。碰上运气好，有时还能网到几寸长一只的鲫鱼和刁子鱼。

忙活一下午，我们每人分一堆战利品带回家，能得到父母的表扬。

妈妈有时会煮几条新鲜的鱼嫩子给我们解馋，更多的时候是制作火焙鱼。

鱼嫩子在河塘的野外，因为我们这群淘气的孩子进入到食客的循环体系，这充满了偶然，甚至是我们和鱼嫩子的双重传奇。而其走向火焙鱼的过程更有故事，好似要将一名略具资质的孩子快速培养成秀兰·邓波儿。

如此，焙鱼就具备了较强的技术性。

先是处理鱼，从腮部捏出内脏，洗净，晾干。铁锅烧热涂上茶油，将鱼倒进锅里，匀匀地摊开来，焙好一面等锅冷后再翻边，焙出来的火焙鱼，只只完整如初，不粘不烂，不焦不枯，香喷喷，金灿灿。火焙之后还有熏烤工序，以谷壳、花生壳、橘子皮、木屑等熏烘，直至从里到外熏成古铜金，干爽利落，好似尘封所有的鲜香。鱼嫩子永远停留在最美好的年华，不再老去。

如此，火焙鱼真正炼成。好吃，又可长时间保存。

火焙鱼不像僵硬的干鱼、盐渍的咸鱼，它焙得半干半湿、外黄内鲜，这就兼备了活鱼的鲜、干鱼的爽、咸鱼的味，就好像在豆蔻和成熟之间，有着天真的面孔，亦有着过早涉世历经磨砺的沧桑，总归有几分与众不同的迷人。

湖南人几乎家家户户常备此物，一旦没有硬壳菜，火焙鱼就当仁不让地充当主菜。

常见烹制方法是，把火焙鱼放在碗内，用茶油、豆豉、辣椒粉拌上，放木甑上蒸，蒸熟后所有的鲜香回魂了，口感酥中带软，韧中有酥，口味咸香浓郁，最宜下饭。

还有一种做法，火焙鱼下锅炒香，放盐，然后放入切碎的青椒红椒蒜子紫苏，如果怕火气重，此时可以蘸点水，但不宜多，待青椒成了翡翠色，红椒成了酱紫色，就可装盘上桌。此菜佐酒下饭，同样美妙无比。

在湘菜馆吃过油酥鱼嫩子，火焙鱼放油锅炸，注意火候，不能焦，外酥里嫩，崩崩脆脆，吃起来咔咔响，好像又回到童年。

水煮活鱼

鱼以什么样的姿态呈现呢?

生前在水里,或者大海或者江湖或者河或者小溪,有水即有生命。

死后呢,或者煎,或者炸,或者蒸,或者煮。

最舒服的应该是水煮吧,至少还能漂荡在水里,尤其是能整条漂在水里。

每每吃水煮活鱼,我总是虚伪地想,我们与鱼在其最舒服的状态下相遇,也算是对鱼最大的礼遇。谁愿意在别人狼狈的时候相见呢,即使是一条鱼。

水煮活鱼大约兴起十二十世纪九十年代,始于湘潭,因其味道鲜香辣得到公认,所以被命名为湘潭水煮活鱼。鼎盛时期,活鱼店门口车水马龙,吃饭要抢桌子,一餐翻几次台。

诗为江景
啤酒鲜嫩
的河鱼
吹着江
风优美
走阶松
岩市十
分惬意

即使到现在水煮活鱼仍然热度不减，还是客人热捧的菜。

记得当年株易路口有一家叫湘春楼的馆子，水煮活鱼特别出名，长株潭三地好食者闻香而来，络绎不绝。我们经常呼朋引伴长途跋涉去医肚，过节般欢欣。

湘潭很多馆子这个菜都做得好，尤其是湘江边的土菜馆，大多打着水煮活鱼的招牌。夏日黄昏，三两知己，坐在大露台上，对着夕照下的江景，吃着鲜嫩的河鱼，喝着冰凉的啤酒，暖风吹拂，花香四溢，酒酣菜美，端的是快意人生。

既然是水煮活鱼，活是最为强调的。饭店都是现宰现煮。用的是鳙鱼，湘潭本地也叫雄鱼（北方多叫胖头鱼、大头鱼），草鱼也可，但肉质不如鳙鱼细嫩。

制作方法都有一定之规，整条鱼走刀后用茶油走大油，然后加水煮。配料有香葱、尖青（红）辣椒、生姜片、紫苏等。熬到鱼汤如牛奶般就大功告成。整条鱼躺卧在乳白的汤汁里，身披五颜六色的葱、姜、蒜、辣椒、紫苏，一道水煮活鱼就是一个江湖，满载着恩仇。

这道菜的重点在于紫苏，缺了它是不被认可为湘潭水煮活鱼的。最适合吃活鱼的时候，是春末夏初到秋末。因为本地野生紫苏产于这段时期。不过现在有些大超市一年四季都有出售人工培植的紫苏，这也使得水煮活鱼不那么稀罕了。

水煮活鱼貌似极能体现湖南人的秉性。湖南人是南方人中的北方人，豪爽奔放，大开大合，亦有南方人的细腻，否则鱼汤味道不会那么层次分明。

鱼汤很好喝，鱼的鲜，葱的香，紫苏的回甘，辣椒和姜的辛辣，汇聚一起，全是生活的鲜美，幸福得一塌糊涂。

如果鱼来自农村水塘，鱼肉还有淡淡的甜味。

最爱鱼肚皮那一片肉，嫩嫩的像幼儿的肌肤；亦喜欢鱼头里那些白白的组织，像爱人的嘴唇。这些都是鱼的精华，好似爱情里最甜美的那段时光。而婚姻，即使再美满，漫长岁月总不免平淡无奇，一如整条鱼身。幸亏内心总有几分回忆，总有几分希冀，就像浸泡在温暖的鱼汤里。鱼汤恍若国画里的那片留白，无限的想象，无限的回味，滋养着逐渐老去的鱼身，就像滋养着我们千疮百孔的日常。

为了让水煮活鱼好吃，各大餐馆大显身手。有的据说还放了罂粟壳，这是某些餐馆上不得台面的非法秘密，也算是为了鲜美吸引客人不择手段了。所以鱼及汤愈发鲜美，令人流连忘返，欲罢不能。

划却君山好，平铺湘水流。

巴陵无限酒，醉杀洞庭秋。

——［唐］李白《陪侍郎叔游洞庭醉后三首·其三》

牛肉姜丝之恋

　　那年假期在澳大利亚陪儿期间，经常给儿做饭。

　　澳大利亚牛肉非常好，在超市买来各式牛肉，或煎或烤或炖，都非常好吃，儿子尤其爱吃我炒的姜丝炒牛肉。

　　这道菜来自我外婆真传，我们家人因为从小吃到大，都会做。

　　外婆老家是湘中一个很出名的地方——双峰。此地历史悠久，名人辈出，享有"湘军摇篮，女杰之乡"的美誉，民风淳朴且彪悍。

　　外婆的父亲是绅士，也算是当地大户人家，外婆的兄弟都从小习武，功夫据说不凡。外婆

虽不懂武，但胆识也非常人，嫁给邻镇不名一文、梳西式头、英俊潇洒的外公。外婆性子急，外公和缓，两人非常恩爱，织布做生意，也赚下一些家产。原先的大小姐做饭浆衣，什么都干，有时候还得对付上门捣乱的小混混。外婆做得一手好菜，是地道双峰口味，姜丝炒牛肉便是其中之一。

双峰盛产水牛，当地人喜吃牛肉。牛肉的烹制方法也自成一派，仍然沿袭了本地民风彪悍的特色。

小时候最喜欢在厨房里看外婆炒牛肉，馋虫几乎从喉咙里爬出来。后来就是看妈妈炒。终于自己炒，妈妈已经离开我们了，但炒牛肉的手法一脉相承。

上好的水牛肉，取腿肉，逆纹切成丝，绝不勾芡，也不放任何调味料，我以为这是与其他炒牛肉的根本区别，没有调和，没有妥协，没有中间地带，爱即爱，不爱即全身而退，这便是外婆及当地人的个性。

油倒锅内烧至冒烟，马上倒入牛肉丝，快速翻炒，让牛肉丝在热油的裹挟下，与铁锅无数次碰撞，这才是世上没有伪装没有保留没有退路的爱恋啊，生猛浓烈。牛肉生涩的红色很快褪去，溢出汁来，像褪去了懵懂的青涩，成为轻熟的妙龄女子，马上倒入老抽，让这份轻熟更多点活色生香。同时将事先切好的与牛肉几乎等额的姜丝倒入，不断翻炒，此时拼的就是速度，必须让姜丝与牛肉快速交融，这是牛肉丝与姜丝之恋，姜丝中的姜辣悉数融入牛肉丝中，牛肉的筋道中有了清香辛辣，姜丝有了牛肉的腥荤馥郁，却还保留着原有的生脆鲜嫩。在这份爱恋中，姜丝不是以干煸后枯萎的形态出现，不是成就对方牺牲自己，而完全保留了自我最舒展的状态，且充分吸取对方的精华，这是一场势均力敌、相互成就的爱恋。

此时还有一个高潮，加入自制的剁椒，红椒酿制出的汁与牛肉汁、姜汁混合，渗透到牛肉中，让牛肉又增添几分火辣甘甜，这才是湖南菜特有的气质。出锅时撒一把青蒜叶，算是为这一场牛肉姜丝之恋再增添一抹春色，一派生机勃勃、春和景明。

这便是我们家人心目中最美好的牛肉。这种牛肉姜丝之恋中蕴含的精神气质如基因植入我们家族成员身体中，即使辗转各地，历经风雨，也代代相传。

酱板鸭的颜值

大约二十年前的一个秋天，在长沙第一次吃到酱板鸭，几乎惊为天物：怎么会有这么色香味俱全的鸭啊！

绛红的皮色，就像是在充沛日头下暴晒而成，散发出阳光的气息；紧致流畅的线条，感觉日日在河塘游弋，雕塑着每一条筋肉组织，以至无一处不完美。口感酥绵适中，筋道有嚼头，每一丝肉都均匀入味，而且酱入骨髓，香辣麻咸，隐含着游离的甜。它的形态和味道都颠覆了我们记忆中的鸭。

它正值盛年，经历过春的萌动、夏的热烈，已拥有秋的成熟，浑身充斥着具有力量感的偾张肌理，每一个细胞都饱蘸着故事，每咬一口都像是与它的过往邂逅，似山河辽阔，层峦叠翠，各种滋味蓄势待发，喷涌而出，又意犹未尽，似有一种无敌的酣畅淋漓之感，五脏六腑都洗礼了一遍。无可

颜值靠制造
完美的鸭
板鸭上阵
从来是孤
身而享不
需雪一度
美一颗蒜

言说的快感。尽情地辣吧！有时辣到眼泪双流，却停不下吃。

这种感觉在很多年以后吃卤鸭脖的时候又再次爆发。只是，那一条鸭脖子的色相又如何和这种全身呈现的酱板鸭相比啊，就像盛装的埃及艳后将自己包裹好呈现在恺撒大帝面前，那般魅力谁能拒绝。

酱板鸭是湖南一道名菜，用多种中药和香料浸泡，经过风干、烤制等15道工序精制而成。其中皮相就是一个复杂的美化过程。褪毛、搓盐，8小时后倒卤，搓上老抽复腌，在各种香料中浸泡，10小时后倒卤，有的还会搓冰糖和蜂蜜，一是色泽更好看，二是以甜中和辣。然后用两根篾架成十字形撑于鸭子腹中，压成板状，晾干水分风干，最后用谷草糠壳，将鸭子反复熏烘至金黄色。又因多种药材和香料浸泡，鸭肉完全吸味，酱香浓郁，滋味深长。

与其他鸭不同，颜值塑造完美的酱板鸭上阵从来是孤身，全无气氛组帮衬，亦没有任何披挂，不需要一片姜一颗蒜一根葱为伴，甚至连一滴汤汁都没有。它甚至不需要全身而上，而是把自己剁成块，方方正正，霸气地躺在碟上，藐视食客，舍我其谁。而有了酱板鸭，食客也凝心聚气，眼里似乎也再无其他风月。

酱板鸭那几年风靡长沙，几乎人人都爱它。后来我去北京工作，表姐还不辞劳苦地寄真空包装的酱板鸭到北京。有了酱板鸭，当地驰名烤鸭也黯然失色，在我们心中，还是家乡这种历经沧桑的草根鸭更有颜值更有味道啊。

臭豆腐的性格

　　那年，外甥说："姨妈像臭豆腐。"我一惊："有那么丑？"他笑着说："闻起来臭，吃起来香。"先生在旁注解："说你刀子嘴豆腐心。"方释然。如今，孩子早已长大，什么都懂，只是不惯当众示爱。而我，在他心里或许还是臭豆腐一块。

　　在湖南，臭豆腐是最能代表湘菜的经典之作，同时也最能代表湖南人的性格，臭豆腐性格的人非常多。比起江浙人吴侬软语，湖南人说话真似竹筒倒豆子，甚至是机枪，脑子慢的人极有可能跟不上节奏，听话或许会听了下句忘了上句，信息量太大。好心好意都不一定是用最温柔最甜蜜的方式表达出来，就像湖南人不惯吃糖，喜辣爱咸，爱的方式也是重口味，类似于韩国的野蛮女友。小时候如果生病，妈妈多会先埋怨我不及时穿衣以致感冒，继而赶紧带我看病做病号饭。

臭豆腐建府施代表御菜一経典之作其然最格公麦湖南之二徍擾

臭豆腐亦是重口味至极，好好一块风轻云淡的香干，本可与芹菜有小清新组合，偏一意孤行，在雪水中闭关。雪水其实是卤水。雪水顾名思义是下雪天收集的干净的雪，放坛子里保存。它被一些厨艺高深的老太太们以豆豉、盐、明矾等各种配方演绎成近似巫师的药水。坊间关系好的朋友之间也有互送雪水的，只因雪水虽不贵重但于臭豆腐的品质极其重要。

在一坛上好的卤水中，精心挑选的"小鲜肉"香干经过数天泡制而变得面目全非，白生生的松软变异成黑沉沉的精瘦。就像当年小萌娃闭关中忽然得了《九阴真经》真传，一下成武林高手了，只是外界尚不知，只道其黑乎乎的，深不可测又臭不可闻。

真正的展示须走大油炸了之后，这一次与油、火的交锋，恰似华山论剑，之后盖世武功大白于天下。一块真正的臭豆腐终于炼成，浇上辣椒汁，撒上葱花，似给高手盖戳颁上证书而礼成。

恨有多少，爱便有多少。用在臭豆腐上同理，之前有多臭，吃起来便有多香。外焦里嫩，外面是焦的黑皮，里面仍是雪白的豆腐心，这黑皮得有多大的功力才能让自己不忘初心，恰似侠骨柔情。

现在臭豆腐俨然是长沙的代言人，不管是在哪个城市的网红街，一定有长沙臭豆腐与当地美食同台竞技。一边是伙计卖力地炸着黑黢黢的、来历不明的豆腐，一边是扩音器里洪亮的叫卖声："长沙臭豆腐，每天从长沙空运而来！"来自四面八方的美食爱好者，兴高采烈地用竹签叉着黑色的臭豆腐穿街而过，任臭味随风而逝，好似体会了一把湖南的风土人情。

这样的臭豆腐已经不是我曾经喜欢的臭豆腐。

我还是最爱吃妈妈做的臭豆腐，雪水腌制好的臭豆腐切成片，用大蒜辣椒爆炒，黑黑的豆腐与青青的辣椒相依相伴，皮和心同时入味，外焦内嫩，亦有着恰到好处的辣和香，我无法形容味蕾与其相遇的快乐。那是心底最真实的需求。

削骨肉，不只是骨头的附属

　　很多年以前，一媒体朋友被大家取了一个外号叫"削骨肉"，意思他聪明到精刮上算，算计到无孔不入。对其智商是极高的赞誉，对其行事却有些微词。文人损起人来，都有些钱锺书《围城》式体面的刻薄。

　　不管怎么样，对削骨肉来说，亦是一次民间无意中的引流。因为我们从小就喜欢吃削骨肉。

　　削骨肉，顾名思义，就是从肉骨头上削下来的肉。用的骨头不是肉多多的排骨，而是猪的大腿骨，湖南人喜欢称其为筒子骨。

　　我小时候，妈妈特别喜欢买这种筒子骨，

很少买排骨，原因是筒子骨有骨髓，补钙，好像那个年代湖南的孩子都靠喝骨头汤补钙。其实另一个更重要的原因是便宜。

妈妈在粮食部门工作，和肉食部门的人很熟，买的肉骨头相对来说都是肉最多的。骨头炖到半熟，大块的肉剔下来另外装盘，附着些许肉的骨头再加几片姜和一些食材继续炖，有时是萝卜，有时是藕，有时是海带，最奢侈的是墨鱼，都是鲜美至极的。骨头炖得很烂，有的部位甚至可以嚼碎了吃，咬不动的骨头，就吸里面的骨髓，有一次我太着急，没等凉就吸，烫得舌头木木的。

从筒子骨上剔下来的肉，更是我们的美味，绝不单单是骨头的附属品。骨头上的肉肥瘦都有，炖熟后白白的软软的。

瘦的是一丝丝的粉嫩，并不柴；肥的是透明的软糯，亦不腻；最难得的是带筋的组织，非常筋道。剔下来的削骨肉什么都不放，就很好吃。

妈妈喜欢做青椒炒削骨肉，青椒豆豉旺火炒香后，再加削骨肉爆炒，这就是我的最爱。肉香脆有嚼劲，又融入了辣椒的鲜辣，实在是过瘾。

因为我们都喜欢吃油豆腐，有时妈妈也会做削骨肉焖油豆腐。铁锅内油烧开，下豆豉、青椒、红椒、干辣椒爆香，再放油豆腐、切好的削骨肉，翻炒后，加水以小火焖，使之相互入味，再开大火收浓汁，出锅放大蒜叶，装盘即可，红红绿绿的煞是好看。

我童年对美食最深刻的印象就是这两道菜。削骨肉，我一直认为它是最好吃的猪肉，肥瘦配比、筋道程度、口感层次完全符合我对猪肉的期待，超过所谓的前臀尖后臀尖里脊肉五花肉，而用辣椒爆炒，是对削骨肉最好的加持，油豆腐的焖煮更是美味的升华。

现在地道的湘菜馆里，依然有辣椒炒削骨肉，它和小炒油渣等地位相等，牢牢地霸占着饕餮们的味蕾。

厨师们也在不断创新。如荷包蛋炒削骨肉，这颠覆了我小时候的湘菜记忆，以前总觉得蛋和肉分属不同阵容，可各自与青椒交好，又怎可不问来路同锅相居呢？

后来再见到削骨肉炒肥肠，虽说闻所未闻，但也不足为奇了，想想其菜品思路亦可理解，湖南人喜欢吃肥肠，又喜欢吃削骨肉，更喜欢吃辣椒，为何不干脆将这三者搞到一起呢？

这亦符合湖南人的性格，有时我们真的是简单直接到粗暴。

　　铁锅放入土菜籽油，放生姜丁、蒜头、干黄椒段爆香，放切好的削骨肉、大肠，倒入米酒煸香，再放小米椒、青皮豆、鲜汤、盐小火慢熬入味，最后放五香粉、酱油，翻炒即可出锅。爽口的肉质、肥美的大肠、鲜辣的青椒，香滑柔软咸辣鲜香叠加到无以言说。这时候还管什么阵容什么体系，味道好即是王道。

浏阳豆豉

　　每一个地方都会有自己的味蕾密码，而组成这些密码有很多元素和方式，比如调料，比如作料，比如食材搭配，比如做菜手法，不一而足。

　　一直以为湖南长株潭菜式中有一味密码是豆豉，而且是浏阳豆豉。换言之，使用且熟练使用浏阳豆豉才能做出正宗湘中味道的湘菜。

　　浏阳豆豉是以泥豆或小黑豆为原料，经过发酵精制而成，颗粒完整匀称，色泽浆红或黑褐，皮皱肉干，质地柔软，且久贮不发霉变质。加水泡胀后，汁浓味鲜。浏阳豆豉历史悠久，马王堆汉墓出土的豆豉姜与浏阳豆豉相似，距今已 2000 多年。

　　在我们心里，浏阳豆豉好像是和盐一样的存在。湖南人

每个地方都有各自之风味，当客馆此如佐料调料
丁荣

不管哪家的厨房都会搁几包，我们这些离乡的人辗转到了外地甚至外国，都会作为必需品带着。浏阳豆豉应该是湖南人尤其是长株潭地区人做菜必备的作料。

在外地湘菜馆，如果看到青椒炒肉或是蒸鱼里随意放着浏阳豆豉，就会知道这是正宗湖南人做的菜。

浏阳豆豉黑黑的，其貌不扬，就像历经风霜的老人，其味却历久弥新，非辣非咸非甜非苦非酸，当它渗入菜中，菜立刻犹如神灵附体，马上就是湘菜的感觉，有了特别的滋味，更厚重亦回甘。如果说辣是排山倒海，一击中的，而加了豆豉之后味道则层层叠叠，一步三回头，欲言又止，感觉马王堆的历史都在菜里千百次荡气回肠了。

浏阳豆豉是霸气的，以前别人说一粒老鼠屎毁了一锅汤，这总让我想起浏阳豆豉，它就是这么威力四射，当然它的影响力是正向的。或逗引或逼迫，与相遇的食材撞出了最佳口味。

但它绝不像某些调味豆豉，千菜一味，任何食材只要与它相遇就恍如遇上了化骨水，食材本身的味道消失殆尽，满嘴调味豆豉味道。

浏阳豆豉貌似有些哲学的意味，本身不事张扬，体积感小，但即使几粒就能充分发挥作用，自身有存在感，却又不消弭与之搭配的食材的存在感，与各类食材和谐共生，对所合作的食材，是只加持不添乱。貌似是谦和的，却又绝不让人轻视或忽略。

豆豉的脾气好到了百搭的地步，腊味合蒸必然要放豆豉，豆豉蒸排骨、蒸鱼是湘菜中的经典，连蒸个南瓜、鸡蛋，也可撒上几粒黑黑的豆豉，在寻常的味道里增添几分不寻常。

豆豉营养丰富，还具有一定的药用功能，能治疗感冒。以少量豆豉加老姜或葱白、胡椒煎服，可祛寒解表。小时候感冒了，妈妈常用葱头煮豆豉水给我们喝，一喝就好。

湖南朋友中亦有这样豆豉感觉的人，不张扬，却不容忽视，一群人聚会，有了他（她），感觉更有意思。又或者像相声搭档里那个捧哏的，冷幽默，衬托得对手更有趣。黏合性虽未必强，但促进性杠杠的。我们都需要这样的豆豉朋友。

一直都喜欢吃猪蹄，红烧的，清炖的，卤煮的，只要弄得干净没有气味，我都喜欢。

　　此刻，我就在一家湘菜餐馆里，与一只猪蹄纠缠。

　　猪蹄皮质深咖油亮，完好无损地覆盖整个蹄子，在餐厅柔和的灯光下散发出迷人的光彩。这是最吸引我的，一只品相完美的猪蹄魅力四射，色泽光亮，饱满肥厚，弧线优美，自带一种农业时代丰收的喜悦。

　　我喜欢各种动物的蹄或爪，这些部位支撑着动物们的游弋、行走或奔跑，组织复杂，应该是食材中自身口感极为丰富的存在，骨和肉

的结合充满着奥妙，让我着迷。

　　我喜欢吃各种动物皮，因为它们口感筋道、味道馥郁，鸡皮、鸭皮、鱼皮等都是心爱之物，而其中猪蹄皮因其幅员辽阔吃起来更痛快。

　　而猪蹄满足了我对于爪和皮的一切梦想。

　　虽说补充胶原蛋白是最正当的理由，但猪蹄皮的口感让我陶醉，软糯却不糜烂，仍有韧劲，牙齿与它之间存在一场对抗赛，无尽的乐趣。就像是找到一个旗鼓相当的恋人，有相辅相成的帮助，亦有不动声色的暗中较劲，才是双方在相爱相守中功力互涨。

　　肉皮过后，是或肥或瘦的肉，因为有肉皮过渡，它不再单一，反而与骨头有了骨肉相连的撕扯感，让人欲罢不能。肥的肉，极尽缠绵，瘦的肉，拉条成丝，都似恋人那只温柔的小手，最大限度地丰富着猪作为肉制品的口感。而即使是扒完了肉的猪骨，也并非乏善可陈，总会有残存的紧紧依附的几近透明的肌肉组织，就像是生长在骨头缝里，越是如此，肉越筋道，亦越显珍贵。

湖南人对猪蹄的开发也到了极致，有炖，有卤，有煮，有热菜，亦有凉菜，又赋予或咸或辣甚至又咸又甜的口味，方式方法五花八门。

几乎每个湖南主妇都会做卤猪蹄。水焯一下，用干辣椒、五香粉、红枣、枸杞、当归等熬煮，待猪蹄酥软，入味甚深，便大功告成。猪蹄就是有内涵的了，味道丰富，让人欲罢不能。尤其是在冰箱凉过一夜，第二日吃时，有一种宿醉的迷离，仿佛所有的往事都封存在这只猪蹄里，冰凉的紧实的肉，暗藏着无尽的未知的情愫。

红烧也是常用手法。水焯之后，走大油煎炸至焦，然后加干辣椒、八角、桂皮等上锅焖，多种手段使过，焉能不口感味道俱佳？

最简易的莫过炖猪蹄，水焯过之后，扔进炖锅，撒一把黄豆或花生，炖一两小时，就是一锅滋补的猪蹄汤，汤汁醇厚，猪蹄绵软，几乎入口即化，感动到哭。

几乎每个湖南女子坐月子时都会吃这种花生炖猪蹄，是民间催奶秘方，猪蹄炖成糜烂状态，汤成乳白色，全是胶原蛋白，连猪蹄带汤都得吃。

而湖南人在那些喝酒的夜晚，几乎没有人放弃过酱猪蹄下酒，一口米酒，一口猪蹄，这样的日子多么富裕而美好啊。

"你是不是饿得慌……湘玉给你熘肥肠……"

当年看《武林外传》的时候，看到佟湘玉载歌载舞唱《肥肠歌》这一段，既笑得打滚，又垂涎三尺。

肥肠啊肥肠，真是心头最爱。

爱肥肠的人，爱它的肥腴软糯、肉感十足，爱它的鲜香馥郁、质感醇厚。一桌菜，无论多少个品种，有多高档，只要有肥肠在，基本上最出彩的就是肥肠，它就有这么霸气，这么傲视群雄，即使它出身卑微、制作简陋，甚至还有一股若隐若现的猪屎味。

　　爱肥肠，总觉得像钱锺书的《围城》里方鸿渐喜欢的皮肤黝黑却风骚的鲍小姐一样，不高雅不清纯，却是人心底最实际的欲望。

　　不臊气的肥肠无法让人爱，爱肥肠，可说是某一类人识别知己的暗号。

　　猪肠有很强的韧性，不像猪肚那样厚，亦有适量的脂肪。根据猪肠的功能可分为大肠、小肠和肠头，它们的脂肪含量是不同的，小肠最瘦，肠头最肥。

　　相对于小肠，肥肠更得厨师喜爱，它适于烧、烩、卤、炸，貌似各个菜系都很钟爱，名菜有"浇大肠段""卤五香大肠""炸肥肠""九转大肠""炸扳指"等。

　　湖南人的烹制还是有些不一样，体现了湘人热烈火爆的秉性。

小时候，妈妈最拿手的一道菜就是姜丝炒肥肠。

撒盐、浸泡、揉搓、加醋、撕掉油脂、切小圈。铁锅油烧热，下肠爆炒，再下姜丝爆炒，出锅加剁椒、蒜叶翻炒，干净利落，不带一丝汤汁，色香味俱全，米色肠、绿色蒜叶、红色剁椒，色泽鲜艳，有颜值即有食欲，吃起来更是非常过瘾，肠筋道耐嚼，有肠特有的馥郁，亦有辣椒的辛辣，还有剁椒发酵的韵味，以及蒜叶的清香，味道极其丰富。伴着肥肠，能吃三碗米饭。

长大后，在各个湘菜馆，吃到各种肥肠。

比如脆皮肥肠。制作手法亦不麻烦，先将猪肠放到油锅里两面炸至金黄酥脆，然后起锅，直接切成细长的条，再铺在事先准备好装有香菜的碟子里，旁边搭配了一碗蘸料。光吃肥肠，有吃脆皮烤鸭的感觉；如蘸一蘸秘制酱汁，入口辣味十足，而后就能感受到脆肠的酥否。或者将炸好的肥肠放大蒜叶、辣椒爆炒，亦很焦脆咸辣。

肠子虽然好吃，但对餐馆来说，不是一个很经济实惠的菜式，投入大、产出少，一副大肠出不了几份菜，而且要把肥肠处理干净，手法太麻烦，所以要尽量增加肠的附加值，所以肥肠火锅应运而生，算是将肥肠价值最大化。

肥肠火锅自有一套流程。

肥肠、拆骨肉、大蒜和青辣椒段在铁锅里翻滚，肥肠火候须掌握到位。干锅越炖越辣，汤汁越炖越浓郁，肥肠越来越入味。

吃到一定程度，可以加蔬菜，先加莴笋片，口感软糯，后加酸菜，咸香口味更好吃，最后加豆芽菜，中和一下，脆生清口，完美无缺。肥肠充分吸收汤汁味道，香气四溢，分外肥美，还有配菜的萝卜条，干脆清爽，越嚼越香，正餐前来一份，开胃润舌，令人神清气爽。混入肥肠里的拆骨肉，油而不腻，嚼之有味，连主角肥肠也无法抢夺其光芒。

按理说这一锅肥肠应该比较油，但因为加了青椒及各式青菜，其清香中和了肥肠的油，尤其下酸菜后，味道又变得不一样，又开胃又清淡，能把重口味菜吃出清爽的口感。

后来在湘西的苗家菜里，吃到酸萝卜炒肥肠，味道更为丰富。

酸萝卜甜酸脆，泡菜时间很关键，时间太长会绵软，时间不够又不酸。肥肠，软而筋道，太软没有骨气，太硬了又嚼不烂。先吃萝卜丁，再吃肥肠，酸脆更烘托了肥肠的筋道，延时的回甘，滞后的满足感。鲜咸酸爽，一块肥肠一块酸萝卜，搭配完美；或者肥肠和萝卜丁豪气地一口，软韧肥嫩，味香汁紧，鲜香酸辣，层层叠叠，却又如轰炸一般立时爆发。

辣椒炒肉

　　老家一朋友来北方，必去湘菜馆，必点辣椒炒肉，雷打不动。而我如果在国外待十天以上，一定要找一个湘菜馆或是自己找地方炒，来一道辣椒炒肉。

　　固执的湖南胃。

　　辣椒炒肉是湖南家家户户餐桌上最常见的菜。这道菜炒得好与不好，能确定一个湖南人是否会做菜，亦是评判湘菜馆正宗与否的标准之一。

　　炒法其实很简单。去皮五花肉洗净切成小薄片，用酱油腌好；新鲜的辣椒洗净斜切成小片。先往锅里放少许食用油，烧熟，放入腌好的五花肉爆炒，煸炒猪肉的时候要快，免得粘锅。重新起锅，将辣椒干煸至表面起焦皮时，再放入食用油，用猛火炒，然后再倒入刚刚炒熟的五花肉，加蒜子姜丝豆豉

辣椒炒
肉是
湖南
家常
饭桌上
最常见
的菜

等翻炒即可。

辣椒、食用油以及五花肉的味道互相渗透，辣椒不再干涩辛辣，五花肉也绝不油腻，但每一片肉都油汪汪且透明。

辣椒炒肉配白米饭，是最佳拍档，有一种妥妥的幸福感。现在早餐摊的米粉和面条，也有辣椒炒肉的码，可说是米粉和面条的豪华阵容。

同是辣椒炒肉，也会有细微区别，只有湖南人才真正明白其中差异。

比如肉，有瘦肉，也有五花肉；同是五花肉，有带皮，亦有不带皮；有炒嫩点的，也有炸成准油渣的。但有一点，不管什么肉，都是切片，切丝的就是北方人的演绎了，而且绝对不要勾芡。勾芡虽然肉滑嫩，但没有肉赤裸裸地在油锅中爆炒出的烟火气，似乎有点黏黏糊糊，显得极其温吞无趣了。

辣椒也有不同，尖椒常见，螺丝椒最好吃，如果用灯笼椒，那就是赝品。现在流行吃樟树港辣椒，确实味道好，价格也贵很多。

作料也有区别，姜丝蒜片是标配，亦有放豆豉和白木耳的。

当然也会有花式，以店主或厨师喜好加一些作料，或是放红椒、芹菜，还有放花生米的，纯属个人发挥了。

从辣椒炒肉发散开，厨师们发明了辣椒炒荷包蛋、肉炒肉（辣椒炒瘦肉和五花肉）、辣椒炒牛肉，等等。万变不离其宗，昭示的是辣椒和肉或鸡蛋在油锅里的碰撞互动，扑面而来的锅气。

辣椒炒肉其实很能体现湘人的生活形态和性格特征。简单，丁脆，南方人中的北方人。诉求简单，易于满足；但要求也很明确，非此即彼，不拖泥带水。

很多湖南夫妻极其恩爱，却非举案齐眉相敬如宾，而是吵吵闹闹又如胶似漆，床头打架床尾和的恩爱，甚至是刀子嘴豆腐心的缠斗，因为湘女大多性格直爽爱憎分明，都是美女版的辣椒炒肉，而她们的老公都很适应亦都喜这一款。

是的，大家都爱辣椒炒肉。

油渣确实渣

现在说一个人很坏，会说他是人渣；说一个人土，会说土得掉渣。渣，是一个贬义到极致的词。但亦有例外，如油渣，就是我们小时候吃的一道极好的菜。

那时家里做菜用的是猪油和茶油，茶油在粮店买，猪油是妈妈买五花肉、板油或花油炼。

一大堆切成小块的肥肉码在砧板上，然后烧热锅，将肥肉在锅内翻炒，渐渐炼出油，猪肉的脂肪组织经高温，其中的油脂（即猪油）与脂肪细胞组织分离，余下固体硬块就是猪油渣，其含有脂肪细胞组织与大量无法分离的饱和脂肪酸。

猪油与一般植物油相比，有着不可替代的香气，炒蔬菜用猪油，更香更可口。

但我们感兴趣的是油渣。每次妈妈榨猪油，我们都会守

明知道
油渣糟
实渣无益
身难健康
但还是做不
到尘惊不
瓶遇浮
饭饿忍不
佳说求
个辣椒炒
油渣

在旁边。

看着一大盆油渣，我们欢欣鼓舞，油渣拌糖，那时就是我们最好的零食，脆脆的，香香的，一直甜到心坎里。晚饭时，餐桌上会有妈妈用青椒豆豉大蒜叶炒的油渣，与糖拌油渣完全不一样的味道，脆中带点润，又糅杂着青椒的辛辣蒜叶的清香豆豉的馥郁，既有前味辣且脆的刺激，又有后味的回甘，口味十足，一口气可以干掉两碗饭。

最好吃的油渣其实是五花肉油渣，肥的部分有种浑然天成的香脆，瘦的部分有点涩涩的韧劲，两种不同的口感丰富了油渣的层次，是油渣里的最高级别。花油油渣也不错，有一种吃猪大肠的筋道之感。

大蒜辣椒炒油渣是最常见的，其实油渣还可以和很多食材搭配。雪里蕻炒油渣亦是雪里蕻肉末的升级版，香辣鲜甜，脆爽弹牙。油渣炒腊八豆，味道更是霸气外露，目空一切了。炒包菜时放几个油渣，包菜都如神龙附体。

油渣炒法都很简单，怎么炒都好吃，概因油渣本身的魅力。但油渣放久了不脆，当然湖南人自有妙招，会先在锅里放一点油将蔫了的油渣回春，筋筋道道生龙活虎，再和其他食材爆炒。

油渣有时候还会是调节菜味的高手。有的湖南人家里包饺子，肉馅里会搁一些油渣，油润中偶有香脆，手法就像是巧克力里暗含的碎碎的榛子，如同我们平淡日子里心头偶尔泛起的涟漪，甜蜜的小确幸，无需为外人道，自己偷偷地欢喜。

即使知道油渣确实渣，无益身体健康，胆固醇高的人尤其不能吃，但还是做不到坐怀不乱。到湘菜馆时，忍不住说："来个辣椒炒油渣。"就如同那首歌里唱的"喝下你藏好的毒"。明知是毒还是忍不住，对人如此，对食物亦如此。

鉴于此，对食物分几类：一、又好吃又有益健康；二、不好吃但有益健康；三、好吃却无益健康；四、不好吃又无益健康。前三类都可忍受，最后一类毫无必要。

有时想想人生苦短，吃一顿好吃的任性一下又怎样呢？因为明天和意外不知哪个先到，对于食物是否也可偶尔随心所欲一点？我就是基于这样的人生观来面对不能自已的油渣的。

只是，如同好酒不要贪杯，油渣也要适可而止，否则人生就会渣到家了。

霸气的新化三合汤

　　我小时候经常在涟源外婆家住，曾被大人带着去邻近的新化坑。一样低矮的民房，一样蜿蜒的街道，一样挤密的人流，只是他们的口音与近在咫尺的涟源有异，有点曲里拐弯的，而他们脸上几乎都有着同样的硬朗的憨厚劲儿。

　　此地有道奇怪的菜，叫新化三合汤，有点像川菜里的毛血旺。相对于很多简单热烈的湘菜来说，新化三合汤的味道算是比较复杂的。

　　第一次吃时，觉得居然有这么好吃又奇怪的菜，咸酸辣香交织，吃完还意犹未尽，老惦记着再去吃。

　　三合汤吃的是牛制品。新鲜牛肉、牛肚洗净后切成薄片在油锅内爆炒，再放切成条状的牛血加水煮熟，加辣椒、葱、香菜，淋上山胡椒油即可食用。

傳說湘軍士兵吃
完三合湯熱血沸騰
志氣充滿鬥志
充滿鬥志

三合湯
是辣的
家店計的

三合湯

三合汤色彩斑斓，其味如其色一样丰富且猛烈，一如新化乡野山民的热情刚烈。

一勺三合汤下肚，往往面红耳赤，脑门冒汗，腹内起火，但稍作回味，便会口中生津，胃口大开，精神振奋，忍不住再来一次。喝三合汤犹如看火爆动作片，新鲜，刺激，过瘾。

正宗的三合汤原料要求严格，说是要黄牛的血和百叶、水牛的肉、资江畔的井水，缺一不可。现在市面上的三合汤自然做不到如此讲究，把牛血、牛百叶、牛肉统一成水牛或黄牛，水也就近取用，味道也只能做到尽量靠近。要出味关键是有干红辣椒和山胡椒油。

红辣椒是本地产的朝天椒，奇辣无比。新化人无辣不欢，怕的是不辣，一大把红辣椒扔进锅，立时山河一片红，颇有点辣死人不偿命的感觉。

最奇特的是山胡椒油，山胡椒又叫木姜子，它异香浓郁，鲜酸诱人，有一种诡异的感觉，是来历不明的暧昧，乡野的，不登大雅之堂。山胡椒油放进汤里，是画龙点睛的那笔，这碗汤立时鲜活起来，亦更有了标识性，雄霸一切。那浓烈馥郁的气息，使汤也丰厚起来。我特别喜爱这种感觉，以后不论什么菜，只要加了山胡椒油，都欲罢不能。相比类似的毛血旺，因为去掉了花椒，增加了山胡椒油，味道更为独特，有一种意犹未尽的高级感。

三合汤里的牛肚、牛血自带风情，百叶爽口，牛血嫩滑，裹在红彤彤的汤里，吃起来竟有一种茹毛饮血的感觉，是家常便饭里少有的粗犷和率性，油然而生一种痛快的原始之感。

这道菜土气、生猛，充满了雄性荷尔蒙气息。这和新化地域气质有关，这里是蚩尤故乡，曾经的蛮荒之地。

此菜有很多传说，有说是某仙人云游至新化，见穷人饥寒交迫，遂用牛杂加辣椒加山胡椒油做成一汤，为穷人医肚；亦有说是曾国藩见湘军长年征战，湿气太重，自主研发一菜并取名为霸王汤，在军中大为推广，士兵吃完此汤热血沸腾，浑身充满斗志。我估计是辣成这样的。

月饼应该是节日色彩最浓厚的食品，自带喜气。

　　小小的一块月饼，被演绎得花样百出，门派颇多，广式、潮式、晋式、苏式等等，林林总总，五花八门。

　　湘潭却有一种独特的月饼——生油月饼，这应是老湘潭人从小吃到大的独有记忆，据说已有上百年的历史。

　　生油月饼又称五仁月饼，是苏式月饼的一种，依照湘潭人的习惯有所改良。

　　与目前极尽奢华的月饼包装相比，生油月饼的包装非常简单，甚至有些寒酸。一张薄薄

的油纸包裹着，锃亮、油汪汪的油纸上印着各食品厂的名字，很老式的图案，非常"八十年代"。

与广式月饼的绵软口感不同，生油月饼讲究的是酥、松、脆，外观金黄饱满，掰开香味浓郁，皮薄馅多，甜度适口。

清人袁枚《随园食单》对月饼有描述："作酥为皮，中用松仁、核桃仁、瓜子仁为细末，微加冰糖和猪油作馅，食之不觉甚甜，而香松柔腻，迥异寻常。"总觉得这说的是苏式月饼，甚至有可能说的就是生油月饼，或许当年袁枚品尝过湘潭的生油月饼？

生油月饼基本都是小工厂小作坊手工制作，几乎没有机器生产。

老师傅们做月饼自有一套，制作一个生油月饼，一般要经过八道工序。

选用优质面粉作主料，按比例加入井水和白糖人工搅拌，不断揉搓，发酵后即制成二两一个的初坯。

馅非常讲究，精选杏仁、花生、桂花、核桃仁、瓜子仁、冬瓜糖、橘丁等，而且都是当年出产的。现在也有对馅优化的，在原来的基础上添加桃仁、腰果、桂圆肉等配料，使月饼的甜度更适合湘潭本地人的口味。所有原材料去壳取仁后用砂锅烘焙或铁锅油炸至脆，按比例搭配入木桶用木棍捣碎。

馅做好后包入初坯中心，老师傅们不用模具，用手一压一拍一搓，即成圆形月饼坯子，然后刷板油（湘潭人特别喜欢用猪肥膘制油即板油，有着独特香味），入炉烘烤。烤炉多用特制木炭生旺火，也有使用优质无烟煤的。烤盘在火上不断转动，待坯子表面金黄即可。

纯正的生油月饼，皮子起酥要好，馅一口咬下去质地非常软，甜度也不会太高，放置一段时间后吃起来口感与刚出锅时无异。

很多时候都是买到热乎乎的月饼赶紧吃，细细地品味。

打开油纸，香味扑鼻而来，金黄色的面皮，轻轻地咬，一碰就碎，层层叠叠的，松脆香酥，带着淡淡的咸味、隐隐的甜味，有种让人心疼的脆弱，连掉下的脆脆的碎末都忍不住捡拾到口中。

脆皮下是厚实的馅，各种甜或咸交织，口感极其扎实，冬瓜糖的绵软，花生米的香脆，橘丁的清幽，以及杏仁香核桃香花生香等交织，甜咸适口，重油而不腻，滋味丰富，馥郁浓厚。

如果是第二天吃，有时也会在锅里蒸热一下，口感更为细腻，温润绵软，有一种睡回笼觉的现世安逸稳妥的感觉。

生油月饼都是作坊的小本买卖，藏在街头巷尾，铺面不大，价格很亲民，三四元一个，湘潭人都好这一口。但并非全年都有，湘潭有几家大的作坊，从 7 月份开始，生油月饼每天能卖出一万个左右，到中秋节前两天，生油月饼的销量每天将超过两万个。中秋过后不久这些老字号就不卖月饼，只卖桃酥、灯芯糕、焦切之类了。

小时候月饼也是珍稀物品，只有过节时妈妈才给我们每人发一个。有一年妈妈提前一天买好一包生油月饼藏在柜子顶上，妈妈自认为神不知鬼不觉，她老人家哪里知道我们三个孩子是公安后代，自带侦查天赋，不管家里哪个角落藏了吃的东西，我们的"狗鼻子"都能闻出来。妈妈一出门，我们就翻到了月饼，本来说好每人只吃上面那层皮，结果吃起来刹不住，一大包月饼全吃光了。到中秋那天，妈妈眼中的月饼只有一堆油纸。

小时候物资的匮乏，让我骨子里有挥之不去的贫穷感，碰到好吃的不吃腻决不罢休。这样的状态一直持续到中年新陈代谢减缓一吃就胖之后，才被迫变成浅尝辄止。

曾经一段时间，我不吃生油月饼，改吃广式月饼，好像更软糯香甜。但是在北方待久了，反而忘不了生油月饼，一到中秋前夕，就让人从湘潭带生油月饼来北方。也许年纪越大，童年的味蕾越是强势回归。

酸菜酸

　　小时候看什么都觉得神奇。

　　比如某天下午闲得无聊，外婆说．"给你吃点好东西。"她带着我走过吱吱作响的木楼梯，到了二楼她的睡房。走到墙角，那有一个大大的坛子。坛子对我来说就是一个神奇的聚宝盆。前不久亲见外婆把辣椒、萝卜、豆角、藠头、刀豆等放进去，而现在外婆夹了萝卜、藠头出来，拌了白糖，给我吃，啊，又酸又甜，清新可口。

　　外婆又夹了一些豆角、辣椒，晚餐时与鸡杂　炒，酸味中和了鸡杂的腥味，酸脆可口。

　　外婆再三叮嘱我，平时不要随便开坛子，尤其不要让坛口外边的水滴进坛子里，否则酸菜都会坏的。我似懂非懂。

　　有一次外婆不在家，我馋了，自己跑去夹酸菜吃，一不

酸菜坛子封湖南人遇到很重的味都有

小心让坛口边的水进了坛子里，又不敢告诉外婆。过几天，外婆问我是不是动坛子了。我还诧异外婆如何知道。原来一坛酸菜全坏了，害得外婆重新做。

那年头，酸菜坛子对湖南人还是挺重要的，几乎家家户户都有。很多地方将泡菜称为浸菜，在湘潭还有专门打出浸菜炒肉的招牌的，以示特点，亦很吸引如我这样的饕餮之徒。

湘菜历来重视原料搭配，滋味互相渗透，调味尤重酸辣。大家基本以酸菜为配菜，佐以辣椒烹制菜肴，开胃爽口。

酸泡菜之酸，比醋更为醇厚柔和，堪称化骨绵掌，将辣的凶猛收服后，不事张扬地长驱直入。

比如酸豆角炒肉，肉的存在感很低，只是给酸豆角附加一点油荤。酸豆角触及灵魂的酸脆，一吃难忘，犹如一场刻骨铭心的爱情。

酸古已有之。在长沙马王堆汉墓出土的竹简中，记载了诸多独具特色的酸味菜，酢菜和酸羹就有许多种。《黄帝内经·素问》："南方者，天地之所长养，阳之所盛处也。其地下，水土弱，雾露之所聚也。其民嗜酸而食胕……"所论为湖南一地，其中"胕"通"腐"，意指经过微生物作用腌制而成的食物。

作为湖南人，酸才是我们的本性啊。

在湖南，最嗜酸的应该是湘西人，几乎到无酸不欢的程度。

湘西泡菜用乳酸菌发酵，在老盐水中加入天然防腐的中药香料，酸汤清澈，多年不坏。

我在湘西婆婆家吃的酸萝卜与我小时在外婆家吃的遥相呼应，击中我的味蕾。红里透着晶莹的白，口感爽脆，蘸着辣椒汁吃，辣中带酸，霸气又绵长。

酸菜，是这偏远山野里开出的美丽的花朵。

湘西崇山峻岭，交通不便，物流不畅，且潮湿多雨，食物不易保存，将菜做酸便是一种极好的保存方法。湘西人在制酸上智慧无穷。比如鲊辣椒，将红辣椒切碎与玉米粉一起放坛中发酵，几天后就变得酸辣粉糯，炒肉、炒蛋都是最佳拍档。

湘西酸肉制作过程很有趣，猪头肉用炭火烤过，切片后用盐、花椒、糯米拌匀，然后放入坛中，用坛盘水密封腌制十到二十天即可食用。酸肉色泽鲜明，皮呈黄色，肥肉为乳白色，瘦肉呈暗红色；食之皮脆肉鲜，酸得适中，香气四溢，清脆爽口，无油腻感；吃肥的更过瘾，蒸熟或是与干辣椒、青蒜苗炒熟以后，一口咬下去，油水四溢，却一点也不觉得腻，反觉酸香开胃。那次第，怎一个酸字了得。

湘西还有道有名的家常菜——外婆菜，原料选用马齿苋、萝卜丁、大叶青菜等加盐后置于坛中腌制而成，吃时加上肉末一起炒，嚼之有劲，品之愈香。相传这是古时湘西女儿出嫁时长辈给女儿做的离家菜，咸、酸、辣、脆、甜尽在其中，预示着她们将来的人生况味。但吃起来，酸还是主导，意犹未尽。

有时想湘女多情，不只是辣赋予的敢爱敢恨，更因酸给这片土地的女子性格里带来的旖旎。

一棵青菜，或者蕹菜，或者豆角，生气勃勃地从地里长出来，迎接它们的豆蔻年华。

　　它们的使命多半是在餐桌上成为一盘青菜，或者水煮豆角，或者蒜子炒蕹菜，等等，水汪汪，绿油油，鲜艳欲滴。它们是大鱼大肉后的清淡时光，是美妙文章里的那些闲笔，是一段华彩乐章之后如歌的行板，是国画上常用的留白。

　　这是这些菜的青葱年代。通常，这些青菜也只是吃青春饭，风华岁月转瞬即过。

　　在湖南，为了让这些青菜的职业生涯更为长久，老百姓总有一些处理手法。比如，一种

叫瓿的手法，常见的是瓿豆角、瓿蕹菜。

瓿，音为 bù，本义是古代的一种小瓮，青铜或陶制，用以盛酒或水，亦用于盛酱。在湖南引申为腌制菜的手法，现在为省事，多写成"卜"。

鲜豆角洗净晾晒几日直至呈白色，然后搽盐放入玻璃罐或坛子里存放一段时间，渐渐转为青灰色或浅褐色，这便成为卜豆角。在罐里它的存放时间长达几个月，如果冻起来放冰箱，可以吃一年。

经过日晒罐藏，豆角已从单一的清纯历练成滋味丰富的成熟范儿，集香、酸、甜、脆于一体，既有干豆角的韧性，又有酸豆角的酸味。

青椒炒卜豆角、卜豆角炒腊肉均为湖南农家风味特色菜，卜豆角炒藕丁味道也非常不错，酸酸的，脆脆的，下饭开胃。

我最爱的是卜豆角炒五花肉。五花肉炒出油汪汪的感觉，肥肉通透，瘦肉不柴，卜豆角经油浸润，酸脆不涩，滋味更为浓郁。这是我的下饭神器，任何时候，只要有它在，就可以忽略所有山珍海味，而且是可以一直吃到肚皮爆裂。真爱无疑。

与卜豆角一样惊艳餐桌的还有卜蕹菜。

经过与卜豆角一样的炮制过程，卜蕹菜已与新鲜蕹菜有着天壤之别，不再鲜艳欲滴，不再靠嫩取胜，靠的是内涵。不需要任何肉类，依然是蒜子炒，只不过还得加切得细细的青椒，就变成了一盘惊艳的咸菜。有时，我们也会用卜蕹菜炒新鲜的蕹菜梗子，戏谑为蕹菜的前世今生。在吃了各色大菜之后，吃到这样的卜蕹菜，简直可以说是荡气回肠，酸甜苦辣全浓缩在这一捧卜蕹菜中，吃的不是菜，真的是人生况味。

尤其是在闲暇时光，炒两个小菜，其中一个就是卜蕹菜，就一碗白米饭，端的是惬意至极，心与菜情投意合，全身每一个细胞都舒坦，在此刻，卜蕹菜就是灵魂伴侣。这样的滋味，只有在过尽千帆，阅尽美色，返璞归真之后，才能真正体会。人生的下半场，要的就是这样的感觉，权衡得失后的知足常乐，没有遗憾的简单快乐。

卜豆角、卜蕹菜就是这些菜的下半场，不再青涩，亦不是昙花一现的美丽，踏踏实实的天长地久，风轻云淡的海阔天空，一半烟火，一半清欢。大半生的沉淀，让内心更为丰盈。虽还在俗世里，却因看惯庭前花开花落而宠辱不惊；望天空云卷云舒，去留无意。一派超然，我心欢喜。

人生下半场，准备好了吗?

下饭菜

　　小时候，在厨房看妈妈做菜，妈妈经常会说："这个菜好，好下饭，你们多吃两碗饭。"

　　湖南人的口味偏爱咸辣，口味相当重。都说湖南人不怕辣，其实很多湖南人也是怕辣的，但又想吃那种很辣的，只有多多吃米饭。湘菜的终极目标就演变成下饭，不能下饭的菜好似都是耍流氓。

　　像各种腌菜咸菜就是非常下饭的菜，最经典的莫过于外婆菜。外婆菜又名万菜，是湘西地区一道家常菜，选用大头菜、白萝卜、豇豆、刀豆、茄子等，晒干放入坛内腌制而成，吃时加朝天椒、杭椒、红干椒、植物油、食盐、大蒜等爆炒。咸酸辣脆，下饭拌饭极好。现在不只是湘西，湖南很多土菜馆都会推出各种版本的外婆菜，都是下饭良友。

不下飯
都是因
為流涎
紙

花菜本是蔬菜，但用干椒焙炒做成重口味的大盆花菜，就是下饭菜，口感软脆、粑糯，口味初时鲜咸，回味又有点甜，一口饭一口菜，也是绝配。

　　下饭自然少不了辣椒炒各种荤菜，辣椒炒肉、辣椒炒鸡蛋、白辣椒炒腊肠等，伴着米饭，辣得恰到好处。辣椒煨猪肚，煨出的汤泡饭都可以吃两碗。

　　就是在其他菜系里清淡的鱼，也必须与辣椒为伴，或煎或蒸或煮，如剁椒鱼头、红烧鱼、抱盐鱼等，鱼肉鲜辣，吃几口便招架不住，只能与饭相伴。

　　光辣还不算什么，很多时候还加上酸，比如酸辣鸡杂、酸辣鸡丁，和米饭配合的味道更丰富一点，酸酸辣辣，让人胃口大开，其对味蕾的杀伤力不亚于一场正面阻击战。

　　湖南流行蒸菜，但大部分蒸菜绝不是一蒸了之，一定会放剁椒豆豉之类，如剁椒豆豉蒸排骨、剁椒蒸芋头，如此蒸出来的菜都是咸辣口，别说菜，连汤汁都可下饭，甚至靠着一些剩余的豆豉汤还可以做面的浇头。

　　湖南人爱吃干锅菜，干锅鸡就是其中的一道，麻辣鲜香，肉质酥烂，放萝卜或者其他蔬菜做底料，煮烂之后越发入味。拌饭吃越吃越有味。拌饭吃完，还可在干锅下面，其味愈加悠长。

　　湘人喜欢用腊味合蒸下饭。取腊肉、腊鸡、腊鱼于一钵，加入鸡汤和调料，下锅清蒸而成。腊香浓重、咸甜适口、柔韧不腻，一小块腊肉或腊鱼就可送半碗米饭。有的主妇图省事，煮饭时上面放几片腊肉，饭熟了腊肉也熟了，腊肉油渗入米饭，腊肉不油腻，米饭更润滑，两全其美。

小时候的暑假漫长而快乐。

　　有一天下午，午睡后，一群孩子在我家玩，玩累了翻箱倒柜找东西吃，什么也没找到，只找到一瓶桂子油。

　　湘潭人嗜吃槟榔，很多人一天到晚口里嚼着槟榔，见人奉上一口槟榔是为客气，即使有得口腔癌的潜在风险亦不在意。吃槟榔时，一定要点儿滴桂子油。

　　桂子油是从桂皮里提炼出来的油，有一种奇怪的辛辣。一小瓶桂子油威力很大，不能喝，我们想了一个办法，滴在一沓纸上。

　　然后，哈哈，我们每人开始咀嚼这些纸，

这就是我们发明的纸槟榔。槟榔咀嚼的不就是个桂子油味道吗,嚼纸的感觉有啥不一样,都是一样的口腔运动,都是一样的辛辣刺激。

现在想来匪夷所思,但那时真的是非常快乐。

湘潭人有多爱桂子油呢?

大多数孩子都吃过桂子油糖,长条状的,红黄两色,在物资匮乏的年代,这是非常受欢迎的廉价美味。当然桂子油不能多吃,会有不良症状。

"龙牌酱油灯芯糕,坨坨妹子随你挑。"这是说湘潭的特产。其中我们最喜欢的零食灯芯糕,里面一定要放桂子油,这样才有特有的清凉甜糯。虽然现在其他地方也出灯芯糕,但没有桂子油的味道。即使是各地都有的云片糕,湘潭出的也是浓浓的桂子油味，也因此有别于其他云片糕。

味蕾的记忆里还有桂皮。

《尔雅》中将桂皮称为木桂。《神农本草经》《桂海虞衡志》《说文》亦有关于桂皮的记载。

桂皮是湘潭人常用的调味品，或者说是香料，味辛甘，与生姜作用等同。常用的五香粉中最重要的成分就是桂皮。

桂皮也叫作肉桂、官桂或香桂，为樟科植物天竺桂、阴香桂、细叶香桂、肉桂或川桂等树皮的通称。桂皮气味芳香，与茴香非常相似，分桶桂、厚肉桂、薄肉桂三种。

桂皮药食同源，除了调味作用，还是重要的中药材，富含挥发油，具有芳香之性，温通功效。

湘潭人喜欢用葱白、生姜、桂皮煮汤喝，据说有疏风解表散寒的作用。

桂皮是湘潭人厨房里常备之物。

妈妈很会买桂皮。先闻气味，有至纯的香气，清香、凉味；再看颜色，桂皮里面棕色，外皮有细纹；还要听声音，用手折时松脆易断，并且声音发响；有时还要弄一点尝一下，微甜才是最好的。只有选择优质的桂皮才能制作出美味的菜肴。

桂皮是很有性格的。等闲小菜，不屑为伍。湖南人炒蔬菜，有放辣椒的，有放蒜子的，有放姜丝的，唯独没听说放桂皮的。小炒小煎，也懒得出手，同样，湖南人炒猪肉放辣椒放蒜子放姜丝，但不会放桂皮；清淡口的菜，也绝不染指桂皮。

桂皮出场，绝不是婉约派，不是遮遮掩掩，它出手必是排山倒海架势十足。

它是重口味的，对付的也是重口味的，比如各类腥味很重的肉，尤其是牛羊狗肉；猪肉，主要是用在五花肉或排骨上，而且是用在炖、煮、焖、卤等复杂工艺上。去腥解腻提香，桂皮能使肉香味更为馥郁。

小时候，如果看到妈妈用桂皮，我们就知道硬壳菜要出台了。

最硬壳的是羊肉，这个只有冬天才能吃到。而且，一吃就是一大盆，不是平时的几块肉。

妈妈将羊肉处理干净后，加桂皮下水焯，然后下油锅爆炒，再加桂皮、姜、干红椒小火焖半小时，香气四溢，而且是混合着桂皮清凉的肉香。出锅时加大把蒜叶翻炒几下即可。

带皮五花羊肉是我吃到的最好吃的肉。香糯筋道，又辣又清香，最后用汤汁泡一碗饭，吃得肚皮鼓鼓的。

桂皮在腥味菜肴的烹制中存在感十足，但是桂皮因不能直接食用，形象又太过粗鄙乡野，它不能像姜、蒜一样与菜肴相濡以沫白头偕老。桂皮在出锅时都会被捡掉，更像幕后英雄，亦有些飞鸟尽良弓藏的感觉。这时，陪同大餐浓墨重彩登场的通常除了姜外，就是大蒜，或者葱，或者芫荽，这些绿绿的叶子，它们不能经受熬煮的风花雪月，更适合鞍前马后地四处招摇，或者说更适合谢幕。

桂皮，这时寂寞地躺在洗碗池里，挂着牛羊肉的浮沫，好像在回味曾经的温情。

其实，最后在饭桌上能否呈现，那不是最重要的，重要的是，桂皮的味道已深入菜肴骨髓。

　　"天空中没有翅膀的痕迹，但我已飞过。"泰戈尔早就预测了桂皮的命运。

　　而我们都记住了，桂，桂皮的桂。

餐桌上，蔬菜是一清二白；鱼、虾，几乎是全须全尾一目了然；即使是各种肉类，不管切块切丝或炒或炖，也能辨别出是啥肉。但如果在湘菜馆面对餐桌上一盘黑乎乎、像食物残渣一样的东西，一般人还真认不出来。

　　吃一口，有点酸有点辣甚至有点腐烂的气息，但出奇地鲜，是无以言说的美味，还有种久违的亲切感。

　　这就是霉豆渣。

　　霉豆渣也叫豆渣粑，貌不惊人，甚至有些丑陋，却是湘中一带传统名吃。

　　霉豆渣甚至可说是出身极其卑微——它来

自猪饲料。

　　打豆腐滤出来的豆渣一般作为喂猪的饲料，但湖南老百姓舍不得，废物利用，做成霉豆渣，竟因此成了湖南人最喜欢的食物之一。

　　做霉豆渣最好的季节是秋冬。

　　豆渣挤干水分，倒入大锅中，小火不断地翻炒，直到水分炒干，加入适量盐、干红辣椒、五香粉调味，有的还放酒糟，以丰富其口味。焙干后立即出锅，装入盆里放凉，然后捏成丸子。将提前洗好晾干的稻草秆子铺在容器里，再将豆腐渣丸子铺在稻草秆子上，一层稻秆一层豆腐渣。密封，放在阴凉地方，半个月左右时间便发酵成功，有白色霉菌和酱臭味。发酵菌是稻草上的毛霉菌。霉豆渣游离氨基酸含量高，也因此味道鲜美亦营养丰富。将发酵好的霉豆渣丸子摊开晒干，用冷烟熏，霉豆渣饼就做成了。

豆渣进化到霉豆渣，技术要求不少，各个细节都容不得马虎，稍有不慎便直接影响到了霉豆渣的口感，甚至前功尽弃。

很难想象在这漫长的进化历程中，卑微的霉豆渣是如何坚持的。和同样经历霉变过程的霉豆腐相比，豆腐出身明显高人一等，是带着使命去的，而霉豆渣是奔着活命去的。

在濒临被抛弃的边缘，在无数个黑暗日子里，在无数个身上长满霉的时候，对于人生对于未来对于周遭，霉豆渣难免心生绝望。

是在哪个环节，霉豆渣释放了自己的负能量？是稻草相濡以沫的情义，还是烟熏火燎的温暖，抑或对黑夜白天更替的忍耐？终于霉豆渣自洽到与世界和解，不断自我赋能，变得元气满满，进阶为更有价值的存在。

霉豆渣逆袭了，甚至变得异常坚定。

豆渣原本比较散，但是豆渣在发霉的过程中自然结块，制成豆渣粑后再做菜还是块状，可以随意改刀，不会出现碎的情况。组织结构的变化，让霉豆渣有了新的人生，不再是一堆只能喂猪的废料，而是有了腔调。

虽然霉豆渣面目如加西莫多，丑陋不堪，但其灵魂获得救赎。

如果说一个人的知识体系，就是他认知世界的蓝图，那每一次磨砺，都是在为未来埋下一颗彩蛋，它会在人生的某一刻成为惊喜的馈赠，横渡万丈迷津。这便是霉豆渣逆袭后的人生，有了更大的天地。

霉豆渣可以炒，只需添上一点葱蒜姜，猪油翻炒一会，便是一盘色香味俱全的美食。不但味道鲜美，还营养丰富，其中丰富的食物纤维有预防肠癌及减肥的功效，长期食用能降低血液中胆固醇含量，减少糖尿病人对胰岛素的消耗，降脂补脑，降压补虚等。

霉豆渣可以炒空心菜，比腐乳炒空心菜更有风味。

油渣炒霉豆渣简直惊艳。油渣的浓香与豆渣的清香渗透在一起，加上葱香和红辣椒的点缀，好吃得惊天地泣鬼神。

除了炒，霉豆渣开汤、焖、蒸，甚至打火锅都可以，而且出场绝对完胜。

比如霉豆渣煮白菜。大火烧至水滚，依次加入适量猪油、盐、五香粉，加入白菜叶子煮开，放霉豆渣，最后撒一把葱花点缀出锅即可。

腊肉腊肠蒸霉豆渣操作简单又好吃。腊肉、腊肠、霉豆渣切片，霉豆渣铺在盘子的底部，腊肉和腊肠放在霉豆渣之上，上锅蒸。等到腊肉和腊肠之中的肥肉都呈现出透明状即可。腊肉和腊肠中的咸味和香味都满满溢出来，油脂也顺着渗透到了霉豆渣之中。豆渣被腊味的汤汁浸透，一吃满齿留香。

霉豆渣，常德做成火锅，成了黑暗料理。用霉豆渣做底汤，可以下青菜，也可以下鱼肉，甚至下鸭子，几乎什么都可以，黑乎乎的，香辣开胃，还带着一股浓浓的霉豆渣的香味，连黑汤都可以拌饭。

不喜欢的人，一口也吃不下；喜欢的人啊，山珍海味都不换！

与海鲜的攀龙附凤

　　看日剧《三星营养午餐》，感觉法式料理真是高大上，色香味及摆盘十分讲究，简直就是创意十足的美食作品，充分体现了日本人对于法式料理的想象。

　　相比之下，湘菜就非常家常了。小时候家里都是用菜碗盛菜，只求能装下够全家人分量的菜，对摆盘毫无追求，稍微讲究的人家不过是菜碗式样花色统一，再多一只长椭圆形的鱼盘，让整鱼能舒展一点，或者把碗换成碟，菜的展示面大一点；炒菜时注意火候，炒得鲜嫩一点，配菜丰富一点，红红绿绿热闹得像年画。

　　湘菜说到底还是乡土气息浓厚，取材多是田间地头普通蔬菜，荤菜也就是猪牛羊肉，鱼基本就是河鱼，而且诚意十足，分量较多，形式主义的东西比较少，所以湘菜馆多半价廉物美。

鮑魚与红烧肉燉，相捨寻味

鮑魚吸入红烧肉汁液

氣韵仙乎心 如調和也 燒肉有 红氣燉仙乎

因为经营需要，湘菜馆必须走高档才能有高利润，而一桌纯湘菜，四凉八热，怎么着也就千把块。很多湘菜馆人来人往，貌似生意兴隆，但流水就是上不去。于是，就有聪明者让湘菜攀龙附凤起来。

贵，无非是与海鲜结合，只要有鱼翅鲍鱼海参各类斑，价格必定大涨，餐馆及请客档次亦随之上去了。

与海鲜混久了，很多湘菜也开始走混搭之路，以此提升身价。猪肉是平常百姓餐桌上的平常之物，红烧肉不过是靠烹制手法而使平常之肉略显出名而已，而这也还只是平常之菜，中人之姿。没有想到湖南人居然把猪肉和鲍鱼这两个风马牛不相及的食材搅和在一起，出了一道红烧肉烧鲍鱼，此猪肉非彼猪肉，身价亦扶摇直上。鲍鱼与红烧肉紧紧拥抱，寡味的鲍鱼吸入红烧肉汁，貌似有了烟火气，而红烧肉有了鲍鱼的调和，也貌似有了点仙气，也算是各得其所。

湘人在攀龙附凤上总会勇攀新高，比如辣椒炒宁乡花猪肉炒辽参。常见的辽参做法不过是发好炖煮做小米炖辽参之类，湘人觉得不够劲，于是用了最火爆的辣椒炒宁乡花猪肉来引爆，硬生生地把不搭界的东西挤逼在铁锅里碰撞，总算把无味难嚼的辽参碰出了些许辣味、沾染上了些许油腥，满足下湘人的口味。上桌呈现时一定要是每位独立一盏，些许辽参些许猪肉些许辣椒精心地盛放在精致的容器里，下面燃着微火虔诚地供着，因为那根黑魆魆的辽参，宁乡花猪肉也享受到皇家礼遇。

老虎斑东星斑多是清蒸，或者过桥，湖南人便要来个剁椒蒸，红红绿绿披挂上阵，来自蔚蓝大海的清雅之鱼立刻入乡随俗起来，也许吃到的仍是鱼的鲜辣，与湖南随意一条河里出来的草鱼鲢鱼的营养价值亦没有天壤之别，但身价确是云泥之别。

可见，只要敢想，食材间的链接都能实现，而且能链接出新的境界。至于用湘菜的手法对付海鲜，如香辣帝王蟹、拍蒜紫苏炒龙虾、辣椒炒蛤蜊、剁椒蒸扇贝等，更是小儿科了。

或许哪天，我们也要像日剧一样用艺术的手法，用更多样化的食材来改进湘菜，与时俱进地满足我们的味蕾和视觉。

漂流的墨鱼

儿子回国，一进家门就说："好想吃妈妈做的墨鱼炖肉。"

儿子留学的国家多的是海鲜，又从小生活在北京，却怀念这样一道我家乡的菜，只能说妈妈的味道是不能替代的。

墨鱼炖肉也是小时候妈妈做给我吃的最奢华的菜。

我成长在湘潭这个内陆城市，丘陵地带，与海风马牛不相及。本地人，以及长沙、株洲地区的人，却特别喜欢吃墨鱼炖肉，这应该是我们小时候最高级的家常菜。但凡过节、招待客人等喜庆之日，桌上的主菜必定是墨鱼炖肉。而且，会以墨鱼放得多不多、汤炖得浓不浓，来判断主家够不够热情。

记得当年闺蜜父母去其男友父母家吃饭，回来就叫女儿分手，因为男方家做的墨鱼炖肉墨鱼放得太少，汤太过清亮，因此判断男方家风吝啬，不值得嫁。估计闺蜜的前男友完全

我們出生和成長的城市
与墨鱼养马牛不相及
但特别喜歡墨鱼，因為

没有想到自己的婚事会毁在一道汤上。

湖南人做菜其实还是蛮厚道的，料一定下足，尤其是给自己家人吃。

墨鱼学名叫乌贼。我们自然吃不到新鲜墨鱼，都是干墨鱼。墨鱼尽量要大，至少要三四只大大的墨鱼，放冷水中泡几个小时，软了后去掉白色的骨头、黑皮、眼珠等。白骨晒干留着有其他用处，比如磨成粉作止血之用。

处理好的墨鱼切成条，用热油爆炒，这个环节必不可少，否则就会腥。然后和切成块的五花肉一起放锅内炖，出锅放葱和胡椒即可。每家的口味会有些小差别，比如有将五花肉换成排骨或肚条的，有的除这些外还加放花生米或黑豆，还有放八角桂皮的。

妈妈做的是最简洁也是最纯粹的，只放墨鱼和五花肉，讲究的就是墨鱼的质和量，以及炖的火候。慢火煲够时间后，墨鱼条依旧筋道，五花肉却糯软无比，来自海洋的墨鱼与土生土长的五花肉以这种方式在高温中邂逅纠缠，即使墨鱼依旧滑不沾水，它们的情愫最终还是释放在汤里，终于汤醇厚浓郁，饱含墨鱼的海洋气息和五花肉的敦厚之意。锅盖揭开的那一瞬间，厨房里弥漫着馥郁的香味，那一直是我记忆中妈妈的气息。即使妈妈离去十多年，任何时候闻到想到吃到墨鱼炖肉，我都会想起妈妈。

儿子是我妈妈带大的，小时候便经常吃妈妈做的墨鱼炖肉，小嘴巴快快地咀嚼着墨鱼条，然后用汤泡着饭，几分钟一碗饭下肚，十分听话。以至于他长大后，依然经常要求我用妈妈的做法给他做墨鱼炖肉，而且不准走样，不让放花生米之类。或许他在心里以这种方式怀念对他付出良多的外婆。

一直不知道墨鱼炖肉最早因何而起，致使这个内陆城市大量消费墨鱼。常记得小时候到别人家做客，最受欢迎的礼物莫过于送两袋墨鱼干，有时墨鱼干甚至成了硬通货，你送我，我又转送他家，这便是我们那个时代的趣事。

前一阵去厦门办事，顺便看望在厦门工作的堂弟，好多年没见，都有些感慨，毕竟我们同一个爷爷。走时他送我一些厦门特产，让我感动的是，其中有一袋墨鱼干。我想，他一定懂得墨鱼之于我们这一代人的意义。

这一袋墨鱼我一直留着，终于可以用它好好给儿子做一顿墨鱼炖肉了。

我想，也不用再追溯为何在内陆城市出现热衷海产品现象的渊源了。我会把这想象成一个与亲情有关的故事。

我有多迷恋米做的小吃呢？

米粉不用说，肠粉痴迷，米做的油粑粑、糯米糍等都是心头好。什么都没有，饭锅里白米饭也能吃两勺，就喜欢这种黏黏的感觉。

分析原因，还是童年记忆。

我小时候由外婆带大。外婆是典型的湖南涟源女子，漂亮、贤惠、能干，特别宠爱孩子。困难年代，外婆每餐省下自己的饭给长身体的妈妈吃，因此即使经历了饥荒年代，妈妈体格一直是高大健美型。

在那个年代，让孩子吃饱是家长们的最高要求。

　　1963 年，妈妈中学毕业分配工作时，首选粮食部门，曾经在饥荒年代饿到全身浮肿的外公固执地认为在这里工作妈妈至少不会饿着。妈妈找对象时，正是军人荣耀时代，相亲时，外婆看爸爸军装是四个口袋，几乎不识字的外婆也知道这是当官的，能给妈妈好日子，当即答应。爸爸妈妈认识三个月便闪婚。

　　靠着爸爸还算高的工资，我们的童年还算体面。虽然常年穿外婆做的布鞋和布衣，但是偶尔我也会穿上爸爸从上海出差买回来的皮鞋，从北京出差买回来的粉色灯芯绒外套。

　　外婆想方设法让我们过得好一点。小时候，我没有喝过牛奶，母乳后就是各种米制品，米汤、米糊、米发糕等等。

　　最简单的米糊一直是我心中最美味的。米磨成细粉，铁锅里放少量水，小火，米粉在锅里和成膏状放一点点盐即可食用。有时，外婆会用油煎一下米糕，煎出一层薄薄的锅巴，黄黄的焦焦的，太好吃了，以至于我在未来岁月里喜欢一切锅巴，饭锅里的锅巴，煲仔饭里的锅巴，就连菠萝包的那层壳也爱不释手。

外婆还会带我去买杯子糕吃。那些铺子都是开在老房子里，木门一扇扇的，白天卸了晚上再装好，小小的我经常就站在铺子门前，看店家做。我特别迷恋手工制作的食物，也许都是这时候种下的记忆。

粳米浸水磨成浆，再加老料发酵后，加少量白糖，用一只只小碗定了型，上锅蒸笼蒸。

最爱蒸熟揭开蒸笼的那一刹那，热腾腾的雾气顿时弥漫开来，杯子糕的香味扑面而来，我心立时荡漾出蜜来，嗓子里都要长出手来。眼巴巴地看着外婆从店家手里接过热腾腾的杯子糕，看着外婆吹冷一下，揪下一块塞进我口里。

杯子糕色如羊脂玉，松松软软的，特别像外婆的胳膊（小时候就爱摸外婆胳膊上的蝴蝶肉，最温暖最有安全感）。而味道更是独有的亲切，一点甜，一点大米的清香，还有一点发酵带来的酸，入口滑糯细嫩，嚼之筋道，这就是我们那个时代的美食。

十九岁那年外婆去世，从此我再没有吃过杯子糕。

小时候还喜欢吃聋子蜂糕。粳米浸水磨浆后直接上屉大火蒸熟即可。因为糕内多小孔，像蜂窝一般，便被称为蜂糕。又因为糕中有自然而成的小洞，形如耳洞而不能闻声，所以叫聋子蜂糕。蜂糕松软芳香，是很多涟源人的童年记忆。

米制品除了蒸，还有炸。

比如油炸粑，是用米磨成米浆，加入葱花，倒在模子里油炸而成的，小小的一个，串成一串，卖的时候是论斤称的。每次外婆带我去买菜的时候，都会给我买一串，我一边走一边吃，到家时都吃完了。

这种串起来的油炸粑据说与湘军有关。涟源是湘军发源地。过去湘军士兵是用粽叶把这些串起来，这样方便携带，油炸的食物不容易变质，也比较扛饿，是一种非常好的行军干粮。因为这种油炸粑圆圆的，色泽金黄，串起来后就像是一串铜钱，还有人叫它"铜钱串"。

到今天，想起这些米做的零食，我都会忍不住流出童年的口水。

冬

寒夜客来茶当酒，竹炉汤沸火初红。

寻常一样窗前月，才有梅花便不同。

——［宋］杜耒《寒夜》

鲊鱼的审美

至今记得第一次见到鲊鱼时的震惊。

小学五年级寒假的某天去同学家吃饭，外面寒风飞转，屋内因生了火春意盎然。在饭桌上我看到了一盘红色的干鱼块。猩红色！我完全不理解鱼块怎么会是红色的。同学说这叫鲊鱼。

鱼皮是沉沉的红，像舞台上那年头有些久的暗红幕布，劈头盖脸地铺将开来。掀开幕布，下面的鱼肉是艳丽的粉色，就像湿润的早晨太阳出来前那一抹晨光。咬起来是一丝丝的肉，只有鱼骨还看得出是白色。鲊鱼和腊鱼一样口感紧实筋道，但味道和腊鱼人不一样，馥郁的略有点怪异的香，还有点酒气，亦有些来历不明的神秘，勾引着味蕾的探究。口味浓重到横扫一切，就像春风沉醉的夜晚，那一股股吹拂得头

二二九

发四处飞扬的暖风。我一吃就完全沉浸其中，不愿再吃其他的菜。

鲊鱼的制作过程其实还有点繁杂。新鲜大草鱼处理好切块之后，用盐腌好晾干，然后用稻谷之类熏至半干，让鱼肉紧实，鱼脂几近透明。这时候，红曲粉登场了。

红曲粉，是一种天然红色素。红曲是用糯米蒸制后接种红曲菌种，发酵繁殖后呈暗红色，经粉碎后成为红曲粉。因着色自然，容易氧化，多为餐饮行业采用。红曲粉极具蛊惑力，凡与之相逢，无不被其全面瓦解，变色，入味。

比如鲊鱼。

把鱼块放在大盆子里，将红曲粉一点点洒在鱼块上，用手颠盆，让每块鱼均匀地沾上红曲粉，鱼于是披上了一层华丽的红色外衣，然后倒入高度白酒，拌匀后将鱼块装入无水的干净坛子里，覆上保鲜膜，用粗的橡皮筋封口。盖上坛盖，倒上水密封。放半个月就可吃了。吃的时候放豆豉剁椒上锅蒸熟即可。

鲊鱼与腊鱼的区别是不要熏那么干，另外最关键的就是使用了红曲粉。熏到半干，既让鱼肉染上烟火气，又完全接纳了红曲的浸润，变得风情旖旎。

妈妈后来也学会了做鲊鱼。我迷恋上饭桌上那一抹猩红，馥郁芳香，就像浓墨重彩的花鼓戏。

那时我们那一带流行看花鼓戏，演员脸上抹得红红的，锣鼓丁子敲得热热闹闹的，欢天喜地像过节。最重要的是一定是全家人一起去看，外婆外公爸爸妈妈领着我们三个孩子，穿得漂漂亮亮的，有非常隆重的仪式感。《刘海砍樵》《打铜锣》《补锅》《送货路上》等曲目，人物鲜明，故事简单，气氛热烈，是劳动人民的爱恋和审美情趣，至今看到仍有忍不住的欢欣。

鲊鱼和花鼓戏莫名地有着同样的基因，草根，花哨，有着民间的风情，看似没心没肺，却红红绿绿地无比喜庆。

即使后来读的是中文系，看了无数中外名著、经典影视作品，仍觉得内心有挥不去的"低俗"，喜欢漂亮衣服，喜欢糖水剧，喜欢言情小说，听到荤段子仍乐不可支……我想这一定是当年那碗鲊鱼给我的审美太过根深蒂固。

白辣椒与腊肠

　　总有一些食材的搭配是绝配，比如白辣椒炒腊肠。我想不出，还有什么比白辣椒更适合腊肠的。

　　腊肠是猪大肠腌制后经过烟熏晾晒而成，历时一个月以上，体积略有收缩，颜色深沉，比新鲜的大肠更有烟火气，更有嚼头。

　　一般会用芹菜炒腊肠，挺好吃的，芹菜的青绿与腊肠的古朴，就有些类似芹菜香干的搭配逻辑。但是，更好的搭配是白辣椒。

　　白辣椒好像是湖南人的独创，又称白椒、盐辣椒，不是辣椒品种，而是经过人工处理后的青辣椒。其外观呈条状，头尖，淡黄，味道香辣，多与其他食材搭配食用，是湘菜系中主要的配料之一。

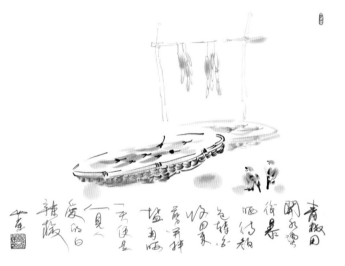

青椒田
開水燙
嗮乾後
嗮仍紅
收回家
起鑊炒
醬并拌
塩再嗮
「入夏以
愛的白
辣椒

湖南人都会做白辣椒。青椒用卝水烫后暴晒，待颜色转白，收回来剪开拌盐，再晒一天，这便是人见人爱的白辣椒。干干的，皱皱的，貌似只剩下一层皮了，比新鲜辣椒更辣更有嚼头，也许所有的辣无限集中在这一层皱皱的皮上。

小时候有一次去小伙伴家玩，大家找东西吃，什么都没有，就只找到一瓶白辣椒，好吃的我们就把它当零食，没有想到，非常非常辣，一个辣椒下肚，我疼得在地上打滚。终于明白电影里辣椒水的威力了。今天有的湖南菜标榜变态辣，估计就是这个段位。

有的还会将拌盐的白辣椒收进隔水坛子里，会有些微的酸味，亦不会那么干。如果放上刀豆等一同腌制，味道更为丰富。

炒腊肠的通常是晒得干干的白辣椒，筋筋道道的，切斜丝；腊肠切成一个个小圈。白辣椒泡一下，捞出沥干，下锅爆炒出锅，然后腊肠下锅爆炒出油，此时再放白辣椒。它们在热油中碰撞，真有点干柴烈火的感觉。

白辣椒与腊肠，外形如此契合，干瘦筋道，经历也大致相同，都是有故事的。它们都经历过或晒或熏的历练，在岁月的痕迹里各自成长为最好的状态，它们都懂得对方，它们又在最好的时候与对方相遇，是多大的造化，才有如此的缘分啊。

就如同在人海中，很多人无缘相见，或擦肩而过，很多食材亦同样无缘同台竞技，而白辣椒和腊肠，这样经历重生的食材，却因缘际会，在铁锅中相遇，心意相通，灵魂交融，这是多大的幸运啊。

所以它们都以要死要活的劲头和对方无限贴近，无限融入，最终气息交汇，结合得天衣无缝。

它们在铁锅中爱恋着，但又不能任由它们被炒干，须时不时喷水，让其始终有些湿润，口感筋道，而不焦干。

一大碗，细细碎碎一大堆，也是稠稠密密的辣，辣到后面居然不能自已，就像手背上的塑料袋燃着了却甩不掉。这应该是最有穿透力的辣了，直捣心肺，即便如此，也欲罢不能，一边往死里辣，一边筷不停。多么过瘾的腊肠啊，一半的魅力是白辣椒赋予的。

作为一个湖南人，无法想象腊肠如果不辣，我们是否还热爱它。

糍粑：柔软的力量

　　湖南人对米的开发应该到了极致。糍粑是其中一例，亦是体现米的各种形态的典型。

　　春节前，湖南各地乡下都有打糍粑的习俗。虽然有机械化生产，但大家更中意手工制作的糍粑。

　　将糯米在井水里浸泡一天，滤干后用蒸笼旺火蒸熟，然后置入两尺高的石槽中，家里的男人们用木槌击打，通常是两人你一下我一下轮流捶打，配合默契，行云流水，如山间原始而美好的舞蹈。

　　糯米饭便在这铿锵有力的捶打中变得绵软柔韧，直至能拉扯成丝。

　　有时想想，人的一生便有如这千锤百炼的打压，经历了诸多风雨，诸多磋磨，才历练出了韧劲，才有了长袖善舞，

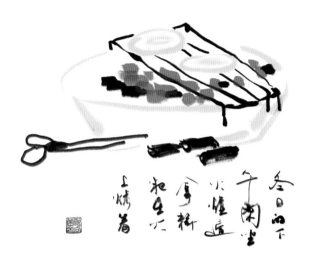

冬日西下
午閑坐
小爐邊
手掰
花生米
上烤着

哪一个行业的老大不是在枪林弹雨中出生入死练就的？所有的风轻云淡皆是因为血雨腥风后的也无风雨也无晴。

糯米饭成糜状后，就是女人们的事了。大家坐在屋前的晒谷场上，将这些糯米饭做成一个个圆形饼，摊放在几个大的竹制的簸箕里，在太阳下晒干。日头暖暖地照拂着，似乎阳光的气息也和山间的风一样渗进了这些饭饼里。一两天后，软软的饭饼便成了硬硬的糍粑。糍粑多使用白色糯米，湘西也有掺杂黑米的，便成了黑色糍粑，算是当地特色。

打糍粑一般都在腊月，立春之后就不做了。因为立春之后打出来的糍粑味道有所变化。

虽说湖南各地都有糍粑，但怀化的糍粑被认为最佳，因为当地糯米品种是白丝糯，颜色纯白，米质细腻，外形圆润，状如珍珠，是溆浦龙潭、黄茅园区域内独有的老品种，柔软性更好，口感自然更佳，而且完全是手工制作，不是机器速成。

软软的糯米饭成了硬硬的糍粑，通常会置入水中保存。只要勤换水，可以保存一两个月。

水是保存糍粑最好的载体，放冰箱都未必有这么长时间。老百姓保存食物的古老办法真可以说是智慧至极。

糍粑虽身处水中却不溶于水，仍特立独行般兀自坚硬。但离开水，一两天就开裂。

每年春节我们从先生怀化老家带来很多糍粑，放在大盆里，天天换水，能从二月吃到三四月份。

糍粑的吃法有多种。冬日的下午，闲坐火炉边，拿几个糍粑架在火钳上烤着，不时翻动，两边焦黄即可，喜欢甜口，在里面夹块片糖，喜欢咸口，可以就霉豆腐吃；或是将糍粑在油锅里炸熟，外焦里嫩，有时再加红糖水煮得软软的；或切成小丁，在甜酒水中煮熟，与甜酒一起甜蜜温柔得一塌糊涂。

不管哪种方式，只要熟了，即使外壳烤硬、炸焦，它的内里一定绵软柔韧，一如捶成糜状的糯米饭。那丝丝的柔韧让唇齿感到无尽的温情，融化至心田。那便是柔软的力量。

糍粑的形态变幻恍如太极，至硬至柔，硬只是让柔行走得更远更久。

猪
血
丸
子
的
圆
融

　　似乎除了湖南，别处是没有猪血丸子的。

　　湖南又以邵阳隆回最为正宗。该地为山区，民风淳朴又彪悍，与猪血的原生态的生猛倒挺契合。

　　多是在腊月杀猪之日，用刚出的猪血配上五花猪肉丁及本地产新鲜豆腐，当然还需盐姜等调料若干捣匀混合，捏成孩子巴掌大的圆形丸子，在太阳下晒干，然后用稻草谷壳熏烤多日，由红色转为深棕即成，如此处理后保质期可达一牛。

　　热腾腾流淌的猪血，一旦流出体外，就是稍纵即逝的美好，支离破碎的过往。经此工艺，

猪血被完美保存，仿佛凝固了时间，凝固了一切爱恨情仇，只是不再纯粹，不再有悸动的情愫，添加了无数岁月的风雨，沉淀了诸多人生况味——比如豆腐，比如各类调料，以及制作者对丰年的期盼，都封存在了这一方小小的丸子里。

小时候，老家亲戚会做了猪血丸子送给我们，节约着吃能吃半年。现在物资极其丰富，湖南各地超市几乎都有卖，真空包装，大多数湖南人家中都备有此类经典款，随时可享用。

猪血丸子制作麻烦，食用却简单，切片放豆豉剁椒蒸熟即可；或与腊肉合蒸，借得腊肉的油腻，更为可口；或用青椒蒜叶姜丝爆炒，味道更为复合。

不管哪种烹制方法，猪血丸子都极其好吃。薄薄的一片，色泽丰富，红白相间，红的是筋道的猪血，白的是柔润的肥肉。豆腐消弭于无形，口感类似于腊香干的筋道，味道却又接近腊肉的咸香，是最好的佐饭菜品，亦荤亦素，既能感受荤菜的油润，又能体会素菜的清爽，完美跨界。

相对于湖南腊肉、腊鱼等单一成分的腊制品，猪血丸子体现的是其融合性。

豆腐与肉本属不同阵营，或是在炒菜的油锅的烟火气中邂逅，或是在炖菜的热腾腾的氤氲中逢场作戏，充其量算露水姻缘，天亮就分手。而在制作猪血丸子过程中，豆腐和五花肉丁没有陌生感，亦无门第偏见，一拍即合，二者悉数沉溺在猪血中，你中有我，我中有你，没有界限，没有疏离，最终水乳相融，天长地久海枯石烂在一起。

豆腐和肉完美结合，猪血的调和作用不可小觑。

捏成丸子后外面还要抹一层猪血上色，红得喜庆，猪血豆腐肉丁这算是最和谐的三角关系了。不仅如此，丸子外表端的是圆润饱满，一团和气，富富态态的，从里到外地和谐，充分体现了乡间百姓的审美。

现在人们对其又进行改良，在原料中添加鸡蛋，每丸一蛋，称为"金钱丸"。

一直认为山区的人受黄土文化影响至深，为人处世耿直到执拗，专一性和革命性至佳，在开放性融合性方面欠奉，猪血丸子倒从另一个方面说明山区人某种程度亦会因时因势利导合理借助外力圆通融合，而且存在感十足。

可见凡事都有例外。

红薯真是一种很有意思的食物。它原产南美洲等地，明朝传入中国，所以又叫番薯。"一亩种数十石，胜种谷二十倍"，加之"润泽可食，或煮或磨成粉，生食如葛，熟食如蜜，味似荸荠"，很快传播开来。红薯在一定程度上促进了中国人口的增长。

　　不承想，红薯后来演变成最土气的食物，丝毫不带洋味。同样是舶来品的番茄（西红柿）不一样，依然保留一点洋范儿，吃西红柿似乎自带小资，而一说某人是吃红薯长大的，几乎默认是来自不太富裕的家庭。

　　湖南是鱼米之乡，农业大省，自然盛产红薯，

人们对于红薯的利用也充分体现智慧，很多食物都会与红薯有着千丝万缕的关系，比如涟源的经典食物——雪花丸子。

逢年过节，或者做酒席，涟源蓝田人的餐桌上一定会有雪花丸子，而且是重头戏。

我小时候在蓝田外婆家长大，逢年过节就看舅妈做雪花丸子。舅妈做事非常麻利，干起活来风风火火，典型的湘女做派。

猪肉剁成泥，放鸡蛋、花生碎、荸荠、胡椒粉，最关键是一定要加粉末状的红薯粉，一起搅拌均匀，搓成乒乓球大小的肉球，在早已泡得透明的糯米上滚上几滚，放进锅里一蒸，熟了后香气四溢。

经烈火与水汽的洗礼，米粒演化成雪花，丸子状如一个个茸茸的雪球，十分梦幻。这就是糯米的功能，也因此成了湘菜里难得的颜值小资的食物之一。

雪花下是晶莹剔透的丸子，隐约可见肉泥、花生碎，待到一口咬开，却是软糯弹牙，略带几分韧劲。

湖北也有类似的糯米肉丸，丸子外带如雪花的米饭，但没有掺红薯粉，总觉得是普通肉丸，即使外有梦幻的雪花。没有了红薯粉的韧劲和弹性，丸子便少了骨气，一吃便化，也少了几分当仁不让的气派。

与雪花丸子类似逻辑的还有厦门著名小吃肉燕。肉燕其实就是我们的馄饨，只是肉燕的皮大有讲究，是精选的瘦肉用木棒捶成肉茸后，放入红薯粉搅拌均匀精制而成。肉燕薄如白纸，其色似玉，口感软嫩，韧而有劲，这些应该都是红薯粉的贡献。

雪花丸子当初加红薯粉，或许是荤菜太少，就像我们小时候煎鸡蛋，因鸡蛋少，会加几勺面粉，总归鸡蛋要比面粉贵；又或许是考虑其超强的黏合性。谁知倒成就了名菜，这也让在中国早已成温饱线代名词的红薯成功反转，登堂入室，而且上了正席。

雪花丸子自带典故。相传元兵进攻新化时，一支抗元义军被困山上，时值盛夏，元兵本想等断绝义军粮草后不战而胜，不料围山几天后，山上突降白雪，元兵以为山上神兵相助，连忙撤兵。其实那雪是义军扔出的雪花丸子。自此，雪花丸子名声大噪，流传至今。

现在人图省事，雪花丸子就真的是肉丸裹糯米，很多人都不会做这种带红薯粉的雪化丸子了，只有我舅妈固执地坚守着。舅妈在世的时候每年春节都会给我们准备一大袋，和我小时候吃的味道一模一样。几年前舅妈走了，我再也没有吃到了，也都成了记忆的味道。

某天看了一天书头晕了，最想吃的菜居然是猪肉炒油豆腐，好像一吃就回魂了。

　　这可能是小时候的记忆。

　　一直坚信，美味在民间，甚至是在乡间，小镇是连接乡间与城市的中转站，很多美食就流通在小镇。

　　我幼时在涟源外婆家长大，镇上好吃的东西太多了，比如油豆腐。

　　涟源的油豆腐好吃，原因就是黄豆好，水好，油好，工艺好。

　　"筛豆、泡豆、煮浆、豆渣分离、点卤、压制成型……"自古以来，当地很多村都以做

豆腐为主要营生，而且都有完善的工艺流程。村庄多是山水辉映，碧流环绕，如同天然大氧吧，用本地自产大豆和泉水，打出来的豆腐鲜香筋道。

制作油豆腐看似简单，要好吃，工艺非常讲究。首先是豆腐要做得好。黄豆用井水浸泡一晚后磨浆，倒入木桶中，用开水冲泡，反复挤压出第一道浓浆，倒入锅中烧煮。继续用开水冲泡，越使劲越好，挤压出第二道浆。待第一道浓浆轻微沸腾，便赶紧舀出与二浆进行勾兑。火候很重要，如果翻舀不及时，豆浆的醇香中便会掺杂进烟熏的焦味，最终影响油豆腐的品质。

勾兑好的豆浆开始点卤，分量是关键，加多了豆腐质地偏硬口味苦涩，加少了又不成型。简单几次上下翻转，大豆蛋白神奇地蜕变成白花花的豆腐脑。再经过磨具的规整和按压，凝固成豆腐。

接下来，豆腐变油豆腐。涟源人对此有个昵称：油嚓（音，炸的意思）豆腐。

小时候经常在蓝田镇的菜市场看到炸油豆腐。

铁锅里是半锅本地产菜油，烧滚。将滤干的豆腐切成稍薄的二指大小，轻轻放入油锅。豆腐马上沉入锅底，在滚油的作用下，豆腐里的水分迅速减少，一会儿就减肥成功，身轻如燕般漂到油面上，慢慢拥有金黄色的外壳，内部结构发生改变，变得蓬松绵密，撒着欢，打着转。

油豆腐炸好了，夹出来放在锅边的箅子上滤油，等着食客光顾。

也可以撒上盐和辣椒粉，蘸上酱，拿稻草秆扎起来，当小吃卖。

我一般是缠着外婆买几块蘸酱的油豆腐解解馋，然后跟着买了油豆腐五花肉等的外婆回家。

五花肉炒油豆腐是通常做法。五花肉切片，在铁锅炒出油后放油豆腐爆炒，然后加水焖，出锅放蒜叶和剁椒。

油炸的壳筋道有嚼劲，内里又很柔软，有肉的加持，油豆腐油汪汪的，咬一口都是油汤汁，还有剁椒、蒜的清香辛辣，一口油豆腐一口米饭，太好吃了。

那一餐我必定吃两碗饭。

最好吃的油豆腐在过年的时候。

一家人吃火锅，不管是什么火锅，总少不了油豆腐。冰冷的寒夜，外面是冰天雪地，屋里一家人围炉火煮，热气腾腾的，吃得特别开心。待到肉类吃了三分之二，就开始下油豆腐。油豆腐在火锅里慢慢地煮，慢慢地吸收汤里的一切。好闻的油豆腐香把年味烘托得更重了。

对油豆腐来说，这锅汤就是它的人世间。

都说要像海绵一样吸收知识，油豆腐身体力行地践行着，沉浸式体验世间百味。

不卑不亢的外形，在火锅久煮依然风范不变，有型有款。难得的是绝不像响当当的铜豌豆，油盐不进，而是靠自己在油锅里练就的松散的结构，吸纳着所有与它相遇的食材的味道，酸甜苦辣，不抱怨不排斥，海纳百川。不但照单全收，而且有机结合融会贯通，不晦涩，不干瘪，让所有滋味交融出最好的滋味。这是其他同在火锅里的粉丝、莴笋，甚至香干都做不到的。

油豆腐不但吸纳得好，而且反哺得好，坚定执行互渗原则，最优的多边关系，与它相遇的所有食材都在释放自己的特色的时候，也在油豆腐保有的汤汁里沉醉，幻化成多种滋味。与油豆腐的相遇，是所有食材的福气。

油豆腐煮好了，夹出来放在碗里晾一下，千万不要急，心急吃不了热豆腐，真的会烫嘴的。等油豆腐稍降温，抓一片丢口里，弹牙绵软，蓄满的汤汁在舌尖跳舞，豆腐特有的清香悉数奔涌，还有大量的水分，延缓着这种饱满而丰富的味蕾享受。人间美味啊。

过完春节从老家回自己的家时，我们总还要带一些油豆腐走，放冰箱里，可以吃一个月。

　　在湘菜馆，我也很喜欢点油豆腐吃。北京翠清的招牌菜油豆腐有点发酵，一点点腐化的味道，反而别有风味，感觉是时间的味道，历久弥鲜。

全民扣肉

　　春节前，某地产项目的推广案非常应景——感恩答谢！全城免费领取扣肉！

　　终于来了一次最直接的，再不讲调性，再不要高雅了！我们的策划人员终于结结实实地接了一次地气。

　　我看着图片上那绵延的一碗碗扣肉，想象人山人海领扣肉的场景，忍俊不禁，亦感到非常痛快，这才是贴近生活、贴近群众，让人民群众干爱干的事情，吃爱吃的东西！甭管什么调性，受欢迎就是硬道理。

　　扣肉，应该是我们湖南人民最爱吃又最有面子的硬菜。

　　扣肉，不是湘菜独有，粤菜、浙菜、鲁菜里都有，比如梅菜扣肉、腐乳扣肉等等。当年，鲁迅最爱梅干菜扣肉，他曾在绍兴饭馆请胡适先生吃饭，第一道菜就是梅干菜扣肉，

大块吃肉也

他甚至还会做一点改良，放几个辣椒提味。

在湖南，我们的扣肉因其肉皮金黄，酷似虎皮，故称虎皮扣肉。听名字就特别有烟火气，而且霸气侧漏，和湖南人脾性比较契合。

从小就喜欢吃扣肉。那时住在外婆家，当地有很有意思的习俗，哪家办事，不管红白喜事，都会几十桌酒席摆一长条街，街坊邻居每家出桌椅板凳，场景十分壮观。

酒席主菜通常是虎皮扣肉。菜一上桌，外婆就会夹一大块放我碗里。这是我的最爱。

我和外婆都酷爱五花肉，外婆即使后来年纪大了血压偏高，仍一意孤行偷偷吃五花肉，她总觉得五花肉入口即化，瘦肉太柴不好吃。白白的肥肉像大理石纹路一般隐现于粉红的瘦肉之间，花纹美丽，口感馥郁。

而扣肉是对五花肉最好的礼赞，大气磅礴，跌宕起伏。

一块上好的层次分明、肥瘦合适的带皮五花肉被民间大师经过开水煮、走大油、高温蒸等复合手法，创造出极其丰富的口感，皮软糯筋道，中间肥肉油都蒸走而显出柔婉，瘦肉部分因吸油而饱满充盈。

我特别喜欢吃皮，轻轻地将皮从肥肉上撸下来，放进口里，享受舌尖与虎皮的爱恋。如果供货充足，我一口气能吃四五块，甚至曾因消化不良而拉肚子。

现在因为迷恋补胶原蛋白，也会时不时在纠结美容和减肥之间吃几片，让自己稍微任性一把。

因为爱吃，我的外婆自然是做扣肉的高手，逢年过节会展露手艺。后来发现，我先生的爸爸也就是我的公公做得更好。

公公是长沙人，新中国刚成立时参军，后又随部队支援三线去了怀化。他说他的扣肉手艺是小时候在长沙老家跟他的姑姑学的，后来手艺又被他带到怀化。

每次我回先生老家，老人都欢喜不已，会准备很多好吃的菜。我尤其喜欢看公公做扣肉，他自有一套程序。

选上好的带皮五花肉，切成巴掌大小，在水里煮熟后捞出，用老抽腌一下，在皮上抹上甜酒，然后用大油炸，炸到肉皮金黄，此举一是让肉皮更香，二亦炸掉五花肉中的油。之后用开水烫，此举既去掉一些浮油，亦让肉更软嫩。如是之后切片上锅蒸熟即可。

为增加口感，也为去油，扣肉下可放梅干菜，有时也放卜豆角，或者夹着香芋蒸。

吃剩的扣肉不会轻易倒掉，第二餐用尖椒爆炒，青椒饱蘸肉油，清香润腻，扣肉添了辛辣，软糯可口之余，亦有了一丝火爆，是极好的下饭菜，后来有的湘菜馆专门有一道青椒炒扣肉。

外婆早就离开我们了，前几年公公也过世了，家里没有做扣肉的高手了，我只能经常在外寻访扣肉佳品。看来，我也得去抢几碗扣肉。

五花肉的不惑之旅

　　以前在湖南民间，吃肉是大事。而肉中最受重视的莫过于五花肉。

　　一块上好的五花肉，应该是肥瘦正好，分层较多，红白相间，油润不腻。

　　而湘人眼中，给五花肉最好的礼遇大概是做成扣肉。

　　做扣肉颇有些程序，水焯之后，先走大油，皮炸焦，冷却。这之后的程序，每家都有些秘方，比如有的是用甜酒水抹在皮上，有的用冰糖炒色后抹皮上，还有的抹红曲，等等。然后切片，在碗下面铺上梅干菜，上火蒸。

　　扣肉，是在湖南人正席餐桌上最被期待的

一道菜。

如果不出意外，五花肉的高光时刻就是静静地躺在梅干菜上，被端上正席，而且是在高潮时刻上桌，等待饕餮之徒的盛赞。

这是五花肉的人生，亦是常人眼里最正大光明的道路，仿佛读书人的仕途。

这样四平八稳的官样文章般的生活，到了不惑之年，总会有些乏味。扣肉在无数个夜晚看着自己被吃剩的油腻，仿佛看透了自己的无聊与空虚。

他试着与芋头甚至与南瓜合蒸，可是，仍觉得改变不了自己的油腻。

直到，碰上清新的擂辣椒。

或许是偶尔一次，吃剩的扣肉，被某个美食家，回锅用擂辣椒炒，撞击出另一种美味。

生活，总是在各种瓶颈期低谷期进入到一个新的阶段，这个阶段什么时候终结，无从知晓，只有时候到了，才后知后觉。

一切的偶然都是必然。

于是，在湘菜馆里有了这道擂辣椒炒扣肉。

擂辣椒是这样制成的。螺丝椒去蒂，入清水浸泡至软，捞出沥水，然后一剖为二，去除辣椒籽。下锅干煸，边炒边用勺子不断捶击辣椒，此时辣椒的水分挥发，辣椒皮变得又干又软，清香味也一同散发出来，然后加少许盐，继续擂辣椒，将残余的水分彻底擂干即成。

辣椒有两种擂法，一种是油擂，一种是干擂。油擂辣椒时，大部分辣椒肉融化在油里，只剩下了皮，而且辣椒的清新气味也被油遮盖住，稍显油腻。而干擂辣椒则有皮有肉，质地饱满，青椒的清香味比油擂辣椒更加突出，解腻绵软，入口即化。

而扣肉碰上的恰好是干擂辣椒。

擂辣椒，就仿佛是方鸿渐生命里的唐晓芙，带着自然的气息，真实不做作，是灵魂里的渴望。

扣肉一见钟情。

于是，扣肉的人生就如同出轨的列车，任性地飞向了另外的方向。

一盘熟透的扣肉带着梅干菜，在蒸箱内整装待发，肉片慢慢释放油分，它在等待与擂辣椒的相逢。锅入油烧热，下入浏阳豆豉和蒜子煸香。

漫长的等待结束了，好像一切才刚刚开始。

下擂辣椒、扣肉炒匀，加入梅干菜、酱油，不断翻炒。

扣肉不再有当偶像的包袱，亦不需要聚光灯以及旁人的掌声，终于放飞自我，开始新的状态，在辣椒里肆无忌惮，他要的是真真实实做自己，让自己的灵魂复位，让肉身更舒坦。

在这里，他遇见了少年时代那个踌躇满志的自己。啊，他终于活成自己初时的样子。

扣肉油分悉数释放到干擂辣椒，不再带着油腻的躯壳行尸走肉，它终于轻松自由了。而擂辣椒，有了扣肉的全身心滋润，从里到外都焕发着重生的光芒。

这是互相赋能的人生。扣肉和擂辣椒都成了最美的滋味。

即使最怕吃肥肉的女孩，也欣然接受这样的扣肉，因为这种入口即化、绵软不腻的诱惑实在抵挡不了。即使不习惯吃辣的人，也无比喜欢这样的擂辣椒，因为清新汕润，一点点辣一点点甜一点点油，是下饭的极品。

五花肉的前半生被期待所捆绑，禁锢在扣肉人设里，在蒸锅里煎熬，即使有些厌倦，但顶多是个反抗的理论家，直到碰上辣椒，才成了反抗的实践者。

现在看来一切的蒸煮煎熬都是有意义的，如果不是这样漫长的历程，怎么会有后面的觉醒，有这样温润洒脱的生活呢？

扣肉的生活进入一个崭新的阶段，和以往有了截然不同的意义，至于这个阶段的生活要怎么结束，将来，自会明白。

甜酒爱情

很多年以前，一个已婚同事爱上一个女孩，他的妻子并不是不漂亮亦不是不贤惠，并且已有一女儿，他爱上的女孩也未必很美，清汤挂面的学生感觉。我们很不理解，但他的理由是，女孩很纯真，而且冬天喜欢吃冷甜酒。

那时我才知道甜酒居然可以引发爱情。

甜酒就是酒酿。

酒酿，旧时叫"醴"，是中国传统的特产酒。用蒸熟的糯米拌上酒酵（一种特殊的微生物酵母）发酵而成的一种甜米酒，全国各地称呼不同，醪糟、酒酿、米酒、甜酒、甜米酒、糯米酒、江米酒、酒糟等等。《本草纲目拾遗》描述其"味甘辛，性温"。

在湖南，很多城市都有小贩挑着两桶甜酒走街串巷叫卖：

很多事情一回事变成了二个，我他的理由是她很纯真而且尝起来喜欢嚼冷甜汤源

"甜——酒，小钵子甜——酒。"甜必须拖长音，有腔有调的，十分蛊惑人。只要听到叫卖声，就有人拿着碗出门买。我小时候学得特别像，有时在院子里憋着嗓子喊几声，然后跑回家躲在窗边往外看，果真看见有人拿着碗出门，我和妹妹笑成一堆，恶作剧也有快乐。

我们从小就吃甜酒。外婆做的甜酒糯且甜，而且一做就是一大坛。春节前煮一锅糯米，熟后用大筛子晾凉，之后裹酒药（即酒酵）放置坛内，十几天后开坛即食。

外婆老家涟源有一个特殊习俗，春节期间大家拜年时，家家户户招待客人的居然是甜酒冲蛋，有的还会甜酒煮糍粑，辅以姜片花生瓜子。一上午拜几家就得吃几碗，撑得半死，如此一个春节下来，胖得脸上肉太多眼睛睁不开，连笑都费劲。

过完春节，外婆会打发我们一大桶甜酒等各种吃食带回家。这一桶甜酒就是我们那几个月的零食。放学回来舀几勺，垫一下肚。冰冰的，甜甜的，真的是沁人心脾，全身每个细胞都洋溢着甜蜜。

那是我们那个年代对甜的最深刻的理解，甜蜜，清纯。不似后来吃到的巧克力或各色糖果，总觉得是混沌的甜腻，那真的似钱锺书在《围城》里描写的鲍小姐。

我们那个年代喜欢的爱情或许还是唐晓芙的感觉，纯真洒脱，率性清纯，如同"摩登文明社会里的那桩罕物"。

甜酒虽然酒精含量很低，喝多了也会促进血液循环，甚至也会微醺。大米是淳朴的，大米酿成酒就像给生活注入荷尔蒙，平实的状态亦有了几分浪漫。

爱上喜欢吃冷甜酒女孩的同事到底还是离婚与女孩结婚了。几年后又生了孩子。我们都以为他幸福至极。谁料他说早知如此就不离婚了，结婚后的滋味都是一样的。唐晓芙也会变成世俗的大妈。当然他也不会再离婚了。爱情已离他而去，他就在生活里做一个听话的臣民。

甜酒给了他围城的滋味。米煮熟成了饭，就是亲情；饭加工成了甜酒，幻化了爱情。亲情是长久的，而爱情有时只是生活的点缀。

或者甜酒亦是生活的幻觉。就像我们的青春，总归是浮云，荷尔蒙总会有消失的时候。

湘乡蛋糕

毛主席曾在《湖南农民运动考察报告》中写道："湘乡禁止'蛋糕席'——一种并不丰盛的席面。"

毛主席的外婆是湘乡人，少年毛泽东在湘乡东山学校启蒙读书的时候，多次品尝外婆家的蛋糕。

湘乡蛋糕又名湘乡蛋糕花、湘乡蛋卷。在湘乡的传统宴席中，酥软鲜美的蛋糕花是头菜，即第一道菜，少了蛋糕便少了味道。每年过年，湘乡人的饭桌上必有这道蛋糕，其以喜庆团圆的彩头，酥、香、鲜、软的口味，寄托乡情乡恋的情怀。

湖南软件职业技术大学有一个餐厅是湘乡人开的，招牌菜就是湘乡蛋卷，我每次去都必点。

湘乡蛋糕作为民间佳肴，已有三百余年历史，久负盛名而不衰，曾被评为湘菜招牌菜，并成为湘潭市市级非物质文

在湘乡的传统宴席中酥软鲜美的蛋糕毫是头菜少了蛋糕便少了味道

化遗产。

湘乡人骨子里都很执拗，做事非常认真，是霸蛮的湘潭人中的战斗机。名人亦很多，有曾国藩、蔡和森、陈赓、谭政、黄公略等。

我身边有很多湘乡人，他们的乡音都很重，无论学历、官职多高，离乡背井多少年，口音辨识度极高。湘乡话属古楚语，很难想象朝廷上慈禧太后如何能听得懂曾国藩的奏请。

一直以为饮食和性格有着很强关联性。就像湘乡蛋糕，亦照应着湘乡人的秉性。

蛋卷很多地方都有，蛋皮、肉馅的混合体，鲜嫩柔润，掩映在各色汤里，好似不盈一握的小蛮腰。

湘乡蛋糕不同的是，肉馅里放入红薯坨粉。

湖南盛产红薯，红薯是饥荒年代最好的粮食替代品，湖南人对红薯的加工利用已是穷尽一切。洗净后的红薯加水粉碎、过滤、曝晒，即成坨粉。坨粉呈粉状，就像淀粉一样，可加入各种馅内；亦可加工成块状，就像江浙人的年糕一样，与很多菜式合作，都是地域色彩极浓的美味。坨粉和淀粉一样黏合度很高，但又有很强的存在感。

制作湘乡蛋糕时，用红薯坨粉调成糊状和糜软的五花肉馅混合均匀，配方稍有区别，每家每户做出来的味道就千差万别。猪肉肥瘦按四六比剁成肉糜后，加入红薯粉、生姜末、胡椒粉等搅拌均匀。蛋皮多用鸭蛋制成，蛋皮裹肉馅卷成卷，上蒸笼蒸制半个多小时，熟后切成一段段即可，既可摆盘即食，亦可和鱼丸、油豆腐等一起煮食。

红薯粉有黏性又有韧劲，让鲜嫩的肉馅不再娇柔，肉香丰盈，口感酥软，却有了韧劲，更加瓷实，就像村妇们强壮的胳膊。

私下揣摩，当初肉少而红薯多，是否以红薯充当部分肉的功能，就像湖南很多地方惯常做的花肉，就是用面粉和肉混合而成。而红薯粉和肉的结合，既让红薯粉这廉价的食材得以重生，对肉馅来说，也变得更强大，更接地气，更能满足湖南人食量大的需求，也因此让湘乡蛋糕成为一绝。

如此就让蛋糕与湘乡人性格有了完美的匹配。

饥饿的红薯粉

　　总觉得红薯粉是地道的农业社会的产物，代表饥馑后的丰收，一派热闹世俗的景象。这全因我老家那道南粉合菜。

　　我父母老家涟源，当地特产之一是红薯粉。

　　外婆住双江街，涟水河沿街而过，河边一色吊脚楼。天气好的时候，在河边青石板上，晾晒着一排排红薯粉。阳光下，黄褐色的粉丝粗细均匀，晶莹剔透，散发出让人心满意足的气息。

　　传统的红薯粉都是手工制作，流程比较繁琐。先将当地产的红薯洗净晾干，再用特制的擦子将红薯来回擦磨成细小的薯丝，揉捏挤压掉薯丝上富含淀粉的水分，待水分里的淀粉完全沉淀则倒掉上面的水，铲出像冻结的猪油一样的淀粉块在阳光下曝晒，晒干后就成了粉状，就可以开始制作粉丝了。

针满家河边
一是 吊脚楼
天气好的
溪左河边青
石板 晒着
一枡红薯梗
阳光下黄澄
莹莹影透
散出社
人消去
鸟是小溪

将薯粉煮成黏稠的糊状，用漏斗机将薯浆挤压成粉丝，置于大锅里煮熟，再置大凉水缸冷却，最后将粉丝在晾杆上冻上一夜，第二天将粉丝在阳光下晾晒起来。这便成了我们河边独特的景致。

涟源出产的红薯粉好似成色更为晶莹，口感更为弹牙筋道，以至周边各县都慕名求购。

记忆中小时候吃红薯粉基本都是特别的日子。

当地人办红白喜事有土规矩，一般会征用整条街，家家户户参与，几十桌酒席摆满一长条街，蔚为壮观。

办大事菜也有讲究，头盘一定是红薯粉做的南粉合菜。一群手脚麻利的中年妇女每人端着一个大托盘，托盘上五六盘红薯粉。每到一桌，便豪气地往桌上一掷，热腾腾，扎扎实实的。

合菜色彩斑斓，其中粉丝油汪汪的，大家眼冒绿光，诸多筷子以迅雷不及掩耳之势一哄而上。每一双筷子都夹上一大把粉丝，即时送入口，立感鲜香软糯，在强烈的满足感之余能品出各种菜的丰富质感。

既叫合菜，除红薯粉外，必有多种配菜，干黄花、干笋尖、时蔬、鸡汤、山胡椒等，品种繁多却合而不杂。

用料都很讲究，粉丝不必说，油要用乡村土猪肉炼成的猪油，黄花须是当年晒制的新货，干笋只能用尖部，否则口感不好，黄花发制时也须用温水浸泡，时蔬如萝卜丝要切得均匀。

这诸多菜都先放大锅用大油爆炒，因粉丝吃油，油必须多，粉丝必须油汪汪才合格，再淋鸡汤才大功告成，出锅后粉丝仍是筋道利落，各式菜也新鲜干脆。

那时吃席的感觉都是饥饿状态，如狼似虎，一碗粉丝瞬间见底。也亏了这碗粉丝，后面再吃也不及这般狂野。或许这是主家策略，要不哪有那么多菜填满大家的胃。红薯极大提升中国的人口数量，红薯粉，或许是饥馑年代湖南成本最合算的大餐。

在我看来，这一桌最好吃的就是这道菜，恍如初恋，一击即中，除却巫山不是云了。

那些酸甜的黄菜

　　某次居然在天津的贵州菜餐厅吃到一道久违的菜——干红辣椒炒酸菜，惊喜万分。

　　这酸菜不是"翠花，上酸菜"的东北酸菜，也不是四川泡菜里的酸菜，竟然是我们湖南的黄菜。贵州与湖南怀化接壤，很多菜式接近，味道也惊人相似。

　　黄菜在湘中和湘西一带盛行。我在湘中长大，后又嫁了湘西老公，自然深谙此味。

　　小时候盼着过年，日日大餐。可是吃到初五初六，便望肉生畏。这时候外婆就会说："菜市场应该有卖菜的了，我们去买黄菜吧。"

　　平日热闹的菜市场，只有零星的小贩挑着

担子做着生意，但一定有卖大家喜爱的菜，比如黄菜，它就泡在水桶里，黄灿灿，色泽可人，捞出来水淋淋的。

回家挤干水，细细地切了，用猪油炒。如果想口味重一点，就加干红辣椒炝炒。这顿饭最简单，就是一道黄菜，却是大家最满意的。清淡爽口，亦有酸甜，菜叶绵软，菜头清脆，可以就着这吃两碗白米饭。这中和了这几日肚中的油水，亦在嘴里绵延出最轻松的清爽，仿佛终于卸下压头的重负，心情和味蕾一样惬意。这也许是我们小时候从由奢入俭或者说返璞归真中理解到的最大快乐。

黄菜还有一种做法，将水分炒干少许，加米汤煮开，出锅时淋猪油即可，湖南人叫青菜钵。米汤也是当地人喜用的，同样做法的还有米汤煮萝卜菜。也许都是看中了这些青菜的尤为而治，而米汤这种如老好人一般的食材对这些青菜的味道只有加持，不会干扰，还是一锅纯纯本味，只是更隽永更绵长。

黄菜其实是芥菜，有的地方也用青菜制作，但要菜帮比较多的青菜。

芥菜或青菜用开水烫一下，在水里泡一天成黄色即可。黄菜的保存也很简单，只要经常换水，可保多日不坏。这其实也是以前人们保存蔬菜的方法。而且，芥菜水泡过后，去除苦涩，反而有一种别样的味道，就像青涩过后的轻熟，韵味无穷。

在我外婆老家涟源一带，黄菜是平常百姓家常吃的菜，价廉物美。

无独有偶，在株洲醴陵也盛行此菜。据说还有一些典故。康乾年间，渌江水运发达，在水上靠船讨生活的人家很多。浏阳的烟花、萍乡的煤炭、茶陵的生猪谷米、醴陵本地的瓷器夏布等，都要靠四百里渌江中的船只运出去。醴陵某船工出船时，无意中往芥菜桶里倒了一桶开水，没料一天后成美食，从此成了当地保存蔬菜的最佳方式，行船上多了一只专门用来盛黄菜的木桶，甚至后来黄菜还成为山珍远销武汉等地。这也算是黄菜受众之广之佐证吧。

又到春节了。

从前妈妈在的时候，这个时节家里就很热闹，我们都回家了，妈妈也很忙碌了，准备各式年货。

大年二十九，妈妈就会在厨房里忙碌着，杀鸡，腌制鱼块，做扣肉，等等。我喜欢看妈妈做蛋卷，炸肉丸。这是为杂烩做准备。

杂烩是湘潭过年必吃的一道菜，而且是经典八大菜中的头盘，由海参、鱿鱼、肚片、腰花、肉皮、瘦肉、香菇、冬笋片、大葱等烩制而成，底子是蛋卷、肉丸。

杂烩并非湘潭特有，是传统美肴，古今各

地都有制作，只是配料略有不同。既是杂烩，选料必"杂"，动植物水陆俱陈，既有高档的，又有普通的，既有荤的，又有素的，还有荤素相混的，一菜多样，琳琅满目，质地软、嫩、脆、滑，色、香、味俱全，无论官场或民间筵席饮宴，均是人们喜爱的美馔佳肴。

　　杂烩林林总总，我只喜欢吃妈妈做的杂烩，尤喜吃其中的蛋卷和肉丸，因为那是妈妈精心制作的。三分肥七分瘦的猪肉纯靠手工剁成肉泥，放蛋清、盐、胡椒粉等调匀，肉泥一半炸成一个个小肉丸，另一半做蛋卷。妈妈做蛋卷非常麻利，十几个鸡蛋在大碗里顺一个方向打成浆，每次舀一勺在铁锅里摊成蛋皮，然后用蛋皮裹肉泥卷成蛋卷，再切成一段一段。一切制作停当，就等着大年三十隆重登场。

在我们印象中，杂烩是和春晚一样的存在。年三十晚上，杂烩一上桌，热气弥漫饭桌，也在我们孩子们心里升腾起喜悦。蛋皮和肉泥的唇齿相依，肉丸的筋道，玉兰片的爽脆，肉皮的柔软，墨鱼片的坚挺，大葱的清香，等等，口味口感皆丰富多彩，和全家团聚的氛围无比贴切，每一种滋味都映衬着我们团圆的快乐，大快朵颐后是真正的身心愉悦。

杂烩在湘潭还有一个菜名叫"全家福"。

妈妈离开我们以后，我很少吃"全家福"，即使吃，也不是那个味道了。

但我永远记得妈妈的味道。那是我心里永远的"全家福"。

残羹冷炙里的岁月静好

　　小时候春节总要回外婆家，大年三十晚上，外婆会做一大桌菜，好像一年省下的钱都要在这一顿上花掉。

　　菜太多了，难免会剩下，比如扣肉、五花肉等，外婆都会留好，第二天再加工给我们吃。

　　扣肉用青椒回锅，比小炒肉要软糯，比扣肉味道更丰富有辣味，而且不油腻，更下饭。五花肉加油豆腐再煮一次，更入味。

　　安安静静和外公外婆一起吃这些剩菜，反倒觉得比头天吃新鲜的更好吃。

　　2000年8月举家搬到北京，初时特别喜欢去月坛南街的菜香根吃饭，这是当时北京最有

名的湘菜馆之一。每次必点他们店里招牌菜，而且全是荤菜：湘之驴、剁椒蒸鱼头、小炒黄牛肉、酥炸火焙鱼。

一家三口大快朵颐，驴肉火辣筋道，鱼头鲜美娇嫩，牛肉鲜辣可口，火焙鱼香酥脆爽，都是舌尖上的享受。这些菜戎马半生，经历火与油的洗礼，餐桌上是它们的高光时刻。

总会有吃不完的，餐盘上总会狼藉，总不忍心就这样弃之而去，吃不完的连渣带汤打包回家搁冰箱。

那时我们都很忙，又不太会做菜，这些残羹冷炙是我们接下来一周的美味。

剁椒鱼头的汤头，去掉鱼骨鱼刺，就是最好的面汤，早晨就着这碗汤，加点葱花，恰好可以做三碗拌面。

湘之驴，是干锅，驴肉不多了，但剩下的都是精华，加水，烧开，就是驴肉火锅，烫白菜、豆腐、木耳等都是极好的，由荤转素，素中有荤，别有一番滋味。

小炒黄牛肉，牛肉还剩一点，葱姜蒜和汤汁都还在，切点牛肉爆炒一下，再和剩的炒一块，就是菜香根复刻版。

火焙鱼切细了，敲两个鸡蛋，再放点红萝卜、青豆、葱花炒一锅饭，简直比扬州炒饭还美味。

后来学会做菜，有时头天做的菜，芹菜炒香干、腊味合蒸等各样都会剩一点。第二天一个人在家，看书看碟，不想做饭，于是，剩饭上铺几块香干、腊肉、腊鱼，卧一个鸡蛋，蒸锅里蒸几分钟，出锅撒一把葱花一勺剁椒，哈哈，最美盖浇饭。

有时候，剩下的鱼汤放冰箱冻成块状，就成了鱼冻。冰冰的，所有鱼的滋味都还在，甚至比初时味道更浓郁，好像尘封着所有往事，又在时间里沉淀，是最美味最另类的冰激凌。

湖南有人专门制作此类残羹冷炙，还成了名菜，比如新化水车鱼冻。

新化是传说中的蚩尤故乡，孕育了古朴神秘的"梅山文化"，美食亦别具特色。

制作水车鱼冻须用当地的山泉水和稻田中的鱼。这种鱼吃的是稻穗上掉下的稻谷、杂草和野生昆虫，生长周期极长，味道最是鲜美，当地人称之为"稻花鱼"。

稻花鱼处理干净，切块，放入沸腾的山泉水中，加入当地出产的鱼香叶，大火烧开，波涛汹涌，稻花鱼和鱼香叶在热浪中翻滚，这是稻花鱼的激情岁月。再转小火慢炖，水乳交融后如胶似漆。待熬出白白的汤汁，置于水井或地窖，一夜之后鱼汤冻结。奇特的是，即使长时间置于常温，鱼冻亦不会融化，甚至黏在碗上倒立都不掉。

食用时，在鱼冻上浇上一勺剁椒，晶莹剔透中透着一点红，最是艳丽，仿佛大雪中那一枝娇俏的红梅；又如冰冻奶酪般颤悠悠鲜嫩欲滴，惹人爱怜。入口则冰冰凉凉，爽滑不腻，极为鲜香，回味良久。

这就是我们的残羹冷炙啊，前半生波澜壮阔，后半生却是在波澜不惊中感受岁月静好。

只是所有美好滋味都需好好保存，若是被搁置得腐烂变了味道，竟是一并要将以前的千般情万般意消磨得一丝不剩了。

糖油粑粑：有点黏，有点甜

"月亮粑粑，肚里坐个爹爹。爹爹出来买菜，肚里坐个奶奶。奶奶出来绣花，绣个糍粑。糍粑跌得井里，变呃蛤蟆……"

长沙、湘潭、株洲一带的小孩，几乎都是听着这首民谣长大的。这首童谣总让我们想起最喜欢的甜品——糖油粑粑。

小时候，每年元宵节前几天，爸爸都会去磨粉子。这是湘潭的风俗。爸爸带着我，用单车驮着十斤湿糯米，送到专门磨粉子的作坊加工。糯米是妈妈在粮店精心选过的，长粒的，比较糯，已在水桶里泡过一晚。

伙计将糯米放进粉碎机里粉碎。轰隆隆的，

月亮粑粑肚里坐个

爹：坐里坐个炎肚里坐个

娘：娘：坐个炎肚里坐个

个样粑粑和跳得井

坐坐吧蜻蜓

一会就磨完了，用面粉袋装好，吊起来滤水。店铺里吊了很多这样的面袋子，阳光晒进屋里，光晕里灰尘轻舞飞扬，竟有些迷离了双眼。很多年后，我在健身房里看到吊着的沙袋，忍不住乐了，这不就是我们小时候的面粉袋吗？

爸爸再带着我用单车驮着这袋湿糯米粉回家。妈妈把糯米粉从袋子里挪到脸盆里，用毛巾盖好。脸盆放不下了，就仍放在面粉袋里挂着。

这些就是我们接下来好几天的美食。

头两天是做汤圆。妈妈有时会包花生碎或者芝麻白糖的馅，有时什么也不放就捏小丸子，煮出来后汤里放甜酒和桂花，极其软糯香甜。总觉得现在的汤圆没有小时候的软糯，应该是糯米不及那时的好。

那时没有冰箱，湿湿的粉子不能存放太久。元宵节当天吃完汤圆，还会剩一些粉子，时间久了，有时还会变酸。于是，这些粉子妈妈就会给我们做糖油粑粑。

那是另外一种美食。或者说，我们更喜欢这种粑粑。

我和弟弟妹妹都是妈妈的好帮手，将糯米粉揉成团子，搓成丸子，再放手心按扁，妈妈总会在旁边提醒："不要太厚了啊，也不要太薄啊。"

我们做了一桌面的糯米粉坯子，就等着妈妈炸。

妈妈在铁锅放半锅菜油。油热了，下糯米坯子，慢慢地炸全两面微黄，然后捞出。

那时家里吃的油是茶油、菜油、猪油。茶油最贵，炒肉才用，猪油是炒蔬菜。炸货多用菜油。菜油的渗透力是所有油中最好的，而且有菜籽特有的香气，当然一定要烧开才香。糯米粉丸子很难炸透，菜油以其超强的渗透力，将其炸透也炸香。

坯子都炸完了，锅里留底油，然后加片糖炒。

片糖是妈妈的神器，她做扣肉、给我们煮当归蛋都喜欢用片糖。片糖比白糖、冰糖更好上色，口感更丝滑。这种丝滑口感刻骨铭心，以至于长大后我吃到巧克力，总疑心是片糖的化身。当然，妈妈用片糖，更重要的一个因素是她认为片糖能补血。

片糖和油迅速融合在一起，变成琥珀色，开始冒泡，再加水，放炸过的糯米坯子，糖水须没过所有的坯子。

妈妈不断翻拌，让每一个坯子都能被糖汁均匀包裹。再转小火慢煮，熟透后盛出，这就成了漂亮的糖油粑粑。

粑粑金黄脆嫩，表面结了一层薄薄的脆脆的糖壳，夹起来有蜜汁在边上环绕。

看着它，我们馋虫涌动，胃口大开，恨不能一口吞下。

尽管我们平时做事都猴急猴急，但吃糖油粑粑绝不能着急，否则就会烫嘴。糖油粑粑的烫全都在"内功"，一旦烫着，一时半刻都不能消掉，真真是急死人。

先轻轻吹散粑粑上的热气，用筷子慢慢翻动着粑粑，再用舌头舔舔粑粑，甜甜的糖壳，没有掩饰的爱意。扯开糖壳后，白白的糯米丸子更是软糯，黏黏的，筋道得扯不断，蘸点碗里粑粑漏出的糖水，甜甜的温柔。甜得心都要化了。

这应该是湖南食物里最甜的了，油、糖、糯，三者集大成，有种直扑主题、毫不掩饰的绵软甜腻，还有比这更厉害的吗？

我总觉得情人节不一定要吃巧克力，但一定要吃糖油粑粑。这应该比巧克力更适合恋人的心理诉求。

如果要以食物来比喻恋人关系，我个人觉得是糖油粑粑，融合到极致，黏得千丝万缕，甜得沁人心脾。而且，没有任何杂质，没有任何磕绊。最简单也最浓郁的甜蜜。

热油是催化，让其融合得更充分。

感情亦需要温度，一旦冷却，呵呵，覆水难收。

多么希望恋人就是糯米就是片糖，在最自然的菜油催化下，达到火热的如胶似漆的状态。

人和人黏性大，也就是契合度高、来往密切。人和人关系甜蜜，亦因为良好的积极的互动。

亲人关系，情人关系，挚爱亲朋，就是有点黏，有点甜。

人生本就是孤独的狂欢，创造亲密感的能力显得尤为重要。妈妈或许在潜移默化地培养我们构建亲密且甜蜜关系的能力，希望我们一直拥有最亲密的关系，最简单的组合，最炙热的爱意，最甜蜜的情愫，希望我们的人生没有遗憾，少些挫折，少些苦涩。

糖油粑粑是最好的表达。

汤圆过后，吃糖油粑粑。

比汤圆更甜蜜更油润更软黏的是糖油粑粑。

真的，糖油粑粑，就是很黏，很甜。

真的，我想我们都会喜欢。

土匪猪肝

　　在北京一家时尚湘菜馆菜单上看到麻匪猪肝，忍俊不禁。

　　在从前的湘菜群芳谱上应该是土匪猪肝，没料与时俱进取了个麻匪猪肝这么有感觉的花名。

　　忍不住点了这道菜，却有点失望。食材不够好，味道不正，勾芡弄得卖相也不利落，像一个从了良的麻匪，一点精气神都没有。

　　现在很多人对动物内脏很忌讳，啥也不敢吃。在我们小时候，猪肝却是很好的食材，人人认为猪肝营养价值高，补血补铁，还能有益视力。

　　猪肝有粉肝、面肝、麻肝、石肝之分，前两种为上乘，后两种次之。隔三差五妈妈就会买一块上好的猪肝，给我们补补。

　　妈妈喜欢做剁椒炒猪肝。猪油烧开放猪肝爆炒，然后加

剁椒大蒜翻炒，猪肝变颜色即出锅。这样猪肝外有点焦内里却是嫩嫩的，还有剁椒的清香，算是冲淡了猪肝原有的腥味。

少年的我喜欢吃猪肝，是喜欢那种松软粉嫩的口感，特别下饭，而且迷信只要多吃就不用戴眼镜，我的视力至今很好，不知是否与多吃猪肝有关。

总觉得那时的猪肝与现在不一样，没有异味，而且猪肝炒完锅里还有一层粉渣，妈妈通常还就着这给我们炒一碗饭。米饭雨露均沾地被裹上了猪肝粉渣，香喷喷的，比蛋炒饭更有风味。

后来上别人家吃饭，大人们做菠菜猪肝汤，或者猪肝炒黄瓜之类，我一吃就吐，实在受不了那个腥味。在我看来，猪肝如未经过大火与热油的历练，就不能脱去那种黏黏糊糊的血腥气，任何食材都难以调和。

那时我们只吃妈妈炒的猪肝，不知道在湘西还有一道驰名中国的土匪猪肝，与妈妈的烹饪方法类似。

新中国成立前，湘西丛林密布，穷山恶水出土匪。土匪靠山吃山，饮食也自有特色，很多他们爱吃或做得好的菜也流行开来，如土匪鸭、土匪肉等，土匪猪肝是其中最为典型的一例。

我的婆婆是湘西人，当地到处都有土匪猪肝，大家都会做，婆婆也不例外。

婆婆炒的土匪猪肝比妈妈炒的猪肝要更为生猛。

陪婆婆去赶集，找相熟的猪肉摊，据说这些都是农家自己养的猪，肉质好过猪场用饲料喂的猪。买一块色泽上乘的猪肝，回家切成大块，配上本地的红辣椒、大蒜，入油锅于大火上爆炒几分钟即可。

菜还没出锅，猪肝的香气就已经扑鼻而来，馋得我口水直往外冒。外焦内嫩、香辣霸气、口感鲜嫩、野性十足，是土匪猪肝的标签。

某一年春节前，我们带着婆婆游湘西古村镇，走到一个人迹罕至的苗寨，吊脚楼旖旎多姿，青石板路蜿蜒曲折。正是午饭时分，我们找到一农户，出钱请他们做家常菜。正好他们家刚杀了猪，有猪肝，就用大蒜辣椒爆炒了一碗猪肝。主家用大土陶碗装菜，红辣椒绿辣椒打底，那种生猛、朴实的湘西风味被映衬得更加活灵活现。

坐在开窗见山的饭桌前，远处云雾缭绕，层峦叠嶂，眼前鸟语花香，山风拂面，吃着这样原生态的猪肝，享受着淳朴的生活，仿若世外桃源，一派澄明。

这样的感觉又岂是那个时尚湘菜馆贴个麻匪标签的"从良的猪肝"能比的？

快乐的猪头

　　猪头，顾名思义是猪的头部的肉，拥有八戒的颜值，获得的最高礼遇应该是在扬州菜里。

　　"扒烧整猪头"在扬州已有数百年历史。清代白沙惺庵居士的《望江南》词写道："扬州好，法海寺闲游。湖上虚堂开对岸，水边团塔映中流，留客烂猪头。"

　　《清稗类钞》中亦曾写道："其所制焖猪头，尤有特色，味绝浓厚，清洁无比，惟必须豫定。焖熟，以整者上，攫以箸，肉已融化，随箸而上。食之者当于全席资费之外，别酬以银币四圆。李淡吾尝食之，越岁告重夫，谓尚齿颊留香，言时，犹津津有余味也。"

多美的猪头啊。

猪头有时亦是江湖宴会或团建时的美食之一，香港电影里屡有体现，仪式感十足。

这样的猪头，或许才是最体面的。

对待猪头，湖南人有和江浙人完全不一样的态度。

几乎每个湖南人都会有这样的经历，在大排档上买熟猪头肉，回家切片放麻油香菜凉拌，或者用辣椒爆炒。这些是居家喝酒最豪爽的配置。

是的，你没看错，猪头肉在湖南打卡最多的地方是街头巷尾的大排档。

不知从哪年开始，猪头肉就像天蓬元帅落入凡间堕落成猪八戒，低到尘埃，遭大师兄及各色小弟揶揄。可是，猪头肉一点都不介意身份的断崖式变化。这时的它绝对不是王小波笔下那只特立独行的猪，而是一只心理素质超好且尽情享受人间烟火的俗猪。

它闲适地躺在简陋的盘子里，已被处理成熟食，而且按部位被拆分成猪耳朵、猪舌、猪嘴等等，和它相伴的都是豆腐皮、海带丝、毛豆之类，最最廉价的小吃，食客遍及三教九流。

没有耀眼舞台，没有格调光环，亦无环境映衬，更无名家背书，素颜裸身的猪头肉拼的就是真正的实力。

它是肥肉和瘦肉的天作之合，肥瘦相间，亦软亦韧，其中猪拱嘴处已分不清是肥是瘦。肉质煮到恰到好处，皮层厚，有韧劲，耐咀嚼，有香味。吃起来亦满是趣味，猪耳脆，核桃肉（即猪头上坑洼处的核桃状肉）酥，猪拱嘴弹牙，最妙的是猪口条，爽滑可口，欲罢不能。

尤其是在街边，昏黄的路灯下，简陋的桌椅，晚风吹拂，各色猪头肉与啤酒，荡漾出最醉人的多巴胺、荷尔蒙，还有在心底酿制多年的欢喜。

猪头肉，在大排档上活出了自己的价值。它喜欢这样无名无分地满足着各色饕餮之徒。解放天性，无拘无束，它是美食界的嵇康，呼啸一声出山去，我辈岂是蓬蒿人；它是湘菜界的济公，疯癫人生，笑骂由人。活着痛快就好，干吗做名家笔下的名模，做不相干人的贡品。

猪头肉，也不满足光做凉菜，开始不断横跳。

小炒猪头肉。用蒜苗炒切得极薄的猪头肉，炒到猪头肉卷边，比回锅肉更好吃。

香辣猪头肉。尖椒生姜大蒜爆炒猪头肉，香而不腻且有弹性，尖椒和大蒜清香辛辣解腻。

酱爆猪头肉。蒜片辣椒豆瓣酱爆炒熟猪头肉，颜色红亮，香辣不腻。

肥肠猪头肉干锅。猪头肉、肥肠与桂皮、八角、花椒、辣椒的大派对，劲爆火辣。

腊猪头肉。冬天年猪的烟熏火燎，封存了岁月的芳香。

火烧猪头。先用稻草烧整只猪头，然后分成小块，埋到火灰里，利用余热接着焖烤，熟后从灰里拨出来，拍去杂质，抹上椒盐即可开吃，比洪七公的叫花鸡更香。

偶尔，也会有个别湘菜馆出售整只猪头，是镇店之菜。比如霸王猪脸，不但视觉震撼，八戒嘴脸与人类嘴脸零距离接触，心灵也震撼，味道倒是挺好，香浓绵长，滑糯爽口。

可是，在湘菜里，整售猪头再撑不起潮流。现代人更喜欢轻松的解构。

可是，又有什么打紧呢？

这就是个猪头啊，天蓬元帅也好，名士笔下的整扒猪头也罢，也许更开心的是落在大排档上，与民同乐。

即使是琐碎的快乐，那也是最应景的幸福，不需要长久的等待。

豆腐的华丽转身

好多年以前，一大家子跟团旅游，风景秀丽，玩得开心。可是团餐实在难吃，在漫漫旅途中就靠随身带的一坛霉豆腐调剂口味。

霉豆腐，学名叫腐乳，湖南有的地方称猫鱼，是一种豆腐衍生品。

相传，唐朝益阳白鹿寺的和尚做了一些豆腐，因有事外出，回来后豆腐长霉了，不舍丢弃，拌了一点调料试着吃，不承想味道鲜美，遂推广开来，成了今天的霉豆腐。

霉豆腐源远流长，湖南孩子几乎都在霉豆腐伴随下成长，很多地方都能看到挑担卖霉豆腐的，两担，一担红的，辣，一担白的，不辣，"担尽人间滋味"。

小时常见外婆做霉豆腐。选比较干硬豆腐切成小片在竹

海洋味一肩挑

筐里一层层码好，盖上草，置于干燥处。过一段时间豆腐长出白毛，分解白坯中的蛋白质，产生氨基酸和一些 B 族维生素。这时，外婆会给每块豆腐搽盐和红辣椒粉，再一块块在坛内码好，倒入半两白酒，以利发酵。盖上盖子，名曰第二次发酵，一个月以后就可以开坛吃了。

湖南各个地方制作霉豆腐各有版本。比如邵阳一些县，是姜拌霉豆腐。制作时，码一层豆腐再码一层姜，它们在相依相伴过程中，姜味完全渗透至豆腐，更有一种辛辣的风味。

我婆婆是怀化人，她制作亦有不同，霉豆腐用辣椒粉、五香、花椒、米酒、盐裹好，码在坛子里。一个月后出坛，茶油烧热冷却后浇在霉豆腐上，又香又辣，滋味浓郁。霉豆腐本就含有丰富的蛋白质，添加茶油后，又含有油酸及亚油酸等，对身体有益。老百姓们自有他们的智慧。

后来在湘潭看到朋友们做霉豆腐，又有小的差异。长株潭区域称腐乳为猫鱼，猫是虎（腐）的演化。长霉的豆腐会泡在水里，加红曲、生石灰等，口感更为细腻软嫩，好像比我们涟源霉豆腐要时尚。

总感觉霉豆腐是青春逼人的豆腐走过无聊中年后的重生，焕发第二春，性感妩媚，又完全放下身段，一味吸取各方滋味，以求自身愈加美好。

后面的保存也有窍门，外婆会将之放坛子里，坛子边沿放满水。这样可吃很久，而且味道越放越好。

外婆做的霉豆腐，颜色鲜艳，质地细软，有点咸，有点辣，入口即融，适合下饭。外婆说过苦日子的时候，没有菜吃，就靠霉豆腐下饭。

总觉得外婆做的霉豆腐咸淡、辣度最为合适，到今天我有一个固执的看法，凡是接近外婆做法的都是好的，否则，即使是大名鼎鼎的"王致和"，也无多少亲近感。

以前有观点说霉豆腐是致癌食物，现在又说霉豆腐有益身心，相当于日本的纳豆，或说是东方奶酪，又成了健康食品。

霉豆腐也是做菜时一味好的调味品，比如霉豆腐蒸肉，在霉豆腐的拥抱下，猪肉有了华丽质感，就是霉豆腐对肉的贡献。我也曾送湖南腐乳给广东人，他们用它做腐乳空心菜，腐乳的浓郁口感，让清淡的空心菜立时馥郁芳香。

十里相送红军。

小时候电影里常见的场景，在我的成长岁月里经常出现。

我是由外婆带大的，从小就习惯了在妈妈家和外婆家之间摆渡，习惯了送别。

比如，妈妈带着我从涟源外婆家坐火车到我们自己在湘潭的家，进站前，外婆拉着妈妈的手说了又说，然后递上一袋以煮鸡蛋为主的食物，嘱咐在车上吃。

又或者，外婆带着我离开湘潭坐火车去涟源，妈妈也会这样在进站前说了又说，然后递上鸡蛋、水果等等。

　　鸡蛋太多了，车上没啥胃口，到家后全剩下了。鸡蛋是珍贵的，不能浪费，那就做金钱蛋吧。

　　熟鸡蛋切片，准备好干红椒、蒜叶。油锅将干红椒炒香，下鸡蛋爆炒到蛋白略有点焦黄，出锅前加盐、蒜叶翻炒两下即可。

　　装盘菜色非常漂亮，红绿黄白皆有，一看就有食欲，尤其是刚坐完车昏沉沉的时候。每一片金钱蛋，白的鲜嫩，黄的焦香，还拌有辣椒和蒜叶的辛辣清香，一只鸡蛋，呈现出最为丰富的口感，好吃又下饭。吃的时候，还会再回忆一下之前各种趣事，回忆一下大人们的叮嘱，感觉金钱蛋的滋味更深厚。

　　在记忆里，鸡蛋除了金钱蛋，还有荷包蛋。

上大学时，每月回家一次。还没进楼门，我都会大叫："妈妈，我回来了！"立时，妈妈的脑袋就从五楼厨房窗户探出来。

　　我一进家门，妈妈就从厨房出来了："别急，马上有吃的！"不一会，我最钟爱的水煮荷包蛋上桌了。

　　虽然，煎鸡蛋谁都会，尤其是平底锅出来后，煎鸡蛋更是小儿科。但我极其不爱吃平底锅煎出来的蛋，也不喜欢酒店自助早餐里的单面煎鸡蛋。总觉得那些都是没有灵魂的"塑料鸡蛋"，干干扁扁的，刻板乏味，一点灵气都没有。

　　妈妈做的荷包蛋味道就是不一样。

　　铁锅里油多放点，烧开，打鸡蛋，那吱的一声，蛋清在油里立时荡漾开来，欢快跳舞，好像舞动着阔大的裙摆，不断扩大着自己活动的半径。裙摆像蝴蝶一样颤动，渐渐定格成荷叶边；蛋黄矜持地在自己一亩三分地里沉吟着，由着蛋清撒野狂欢，兀自悄悄地凝固着记忆，尘封着流金岁月的精华。

　　这才是一只鸡蛋最大的快乐，这才是一只充满韵律、激情四射的荷包蛋啊。

　　等到蛋黄也煎得略有点焦，调小火，翻边。就这样一个又一个煎。全部煎好后，加水煮，煮开，撒一点葱花一点盐一点胡椒。

　　当唇齿与这样的荷包蛋相遇，这是怎样的交汇与撕咬？

　　焦得肆意的蛋清，温润厚实的蛋黄，尤其是水煮之后，激情略往回收了一点，蛋的鲜美融入汤中，有葱花胡椒加持的汤又无限滋润着蛋，所有的滋味不那样快意恩仇，有一些延迟满足的惊喜与回味，好似让荷包蛋的美味在惊叹号后呈现出更多省略号更多的期待。汤汁因为荷包蛋变得浓郁而鲜美，变得意犹未尽。

吃完鸡蛋，再加一勺白米饭在汤里，点缀着绿绿的葱花，连白米饭都滋润得芳香四溢。

这是大学时代妈妈对我的犒劳。在学校饿了一个月的我，最多一次吃了七个鸡蛋，并和汤一起吃一大碗米饭。

后来，我一直喜欢吃水煮荷包蛋。

后来的后来，儿子也喜欢吃。

儿子小时候比较胖，我们有段时间控制他吃肉。有一次，他一上桌发现没有肉，立马就号啕大哭："我要吃肉。"

我妈听了心都酸了，马上说："肉来不及做，煎荷包蛋给你吃！"

儿子马上伸出三根指头说："外婆，我要吃三个！"我一听就急了："顶多吃两个。"

疼孙子的外婆却翻了我一眼："当年你还一口气吃七个呢。"

这真是我亲娘！